中国诗人

童启松
著

三秋集
SAN
QIU
JI

北方联合出版传媒（集团）股份有限公司
春风文艺出版社
·沈 阳·

图书在版编目（CIP）数据

中国诗人. 三秋集 / 童启松著. —沈阳：春风文艺出版社，2021.7

ISBN 978-7-5313-5988-3

Ⅰ.①中… Ⅱ.①童… Ⅲ.①诗集—中国—当代 Ⅳ.①I227

中国版本图书馆CIP数据核字（2021）第086946号

北方联合出版传媒（集团）股份有限公司
春风文艺出版社出版发行
http://www.chunfengwenyi.com
沈阳市和平区十一纬路25号　邮编：110003
辽宁鼎籍数码科技有限公司印刷

责任编辑：韩　喆	责任校对：陈　杰
装帧设计：Amber Design琥珀视觉	幅面尺寸：125mm × 195mm
印　　张：9.25	字　　数：165千字
版　　次：2021年7月第1版	印　　次：2021年7月第1次
书　　号：ISBN 978-7-5313-5988-3	定　　价：38.00元

版权专有　侵权必究　举报电话：024-23284391
如有质量问题，请拨打电话：024-23284384

目 录
CONTENTS

新十四·凝眸

停摆	/ 3
秋魂	/ 4
失忆	/ 5
闭关	/ 6
迷失	/ 7
错码	/ 8
禅	/ 9
裂缝	/ 10
玉石	/ 11
徘徊	/ 12
泡馍	/ 13
秋绪	/ 14
读魂	/ 15
愁肠	/ 16

目　录
CONTENTS

情仇	/ 17
殇	/ 18
坚持	/ 19
中国医生	/ 20
泪点	/ 21
虚影	/ 22
伤逝	/ 23
恨	/ 24
颤音	/ 25
星际雷电	/ 26
没有意义	/ 27
标点符号	/ 28
等千年	/ 29
伤不起	/ 30
爱情出逃	/ 31
符号	/ 32
初恋	/ 33

目 录
CONTENTS

超导	/ 34
芯之变	/ 35
抑郁的殇	/ 36
断裂	/ 37
避风港	/ 38
不想	/ 39
幻影	/ 40
痴情	/ 41
混乱	/ 42
宇宙外	/ 43
无奈	/ 44

浅唱

秋的故事	/ 47
碎心	/ 47
期盼	/ 49

目 录
CONTENTS

香卷	/ 50
回炉	/ 50
东坡琴	/ 51
今夜酣眠	/ 52
秋梦	/ 53
秋意	/ 54
秋风	/ 55
秋收	/ 56
秋色	/ 57
秋韵	/ 58
秋漏	/ 59
风游	/ 60
风醉	/ 62
灵山烟雨	/ 63
听松	/ 64
初秋	/ 65
少年白	/ 65

目　录
CONTENTS

剑舞春秋	/ 66
不要	/ 67
恋	/ 68
旧报纸	/ 69
别	/ 70
幽影	/ 71
雪	/ 71
魅影	/ 72
雨烟	/ 73
雨珠	/ 74
野马	/ 75
戴口罩的小哥	/ 76
宇宙洪荒	/ 77
原野星云	/ 78
山水	/ 79
诗人的爱情	/ 79

目　录
CONTENTS

诗剧

含羞草 　　　　　　　　　　　　　　　　　　/ 85

绝句

半仙 　　　　　　　　　　　　　　　　　　　/ 149

花镜 　　　　　　　　　　　　　　　　　　　/ 149

九仙湖 　　　　　　　　　　　　　　　　　　/ 149

桃花秋色 　　　　　　　　　　　　　　　　　/ 150

玉兰红 　　　　　　　　　　　　　　　　　　/ 150

昨日花 　　　　　　　　　　　　　　　　　　/ 150

白玉兰 　　　　　　　　　　　　　　　　　　/ 151

尘埃 　　　　　　　　　　　　　　　　　　　/ 151

蒙古包 　　　　　　　　　　　　　　　　　　/ 151

蒙古战袍 　　　　　　　　　　　　　　　　　/ 152

湮灭 　　　　　　　　　　　　　　　　　　　/ 152

目　录
CONTENTS

布什恨	/ 152
老火锅	/ 153
雾锁山城	/ 153
峨眉金顶	/ 153
金顶云海	/ 154
少陵草堂	/ 154
宽窄巷子	/ 154
嫁裳	/ 155
廿八都兵营	/ 155
金色海岸	/ 155
悉尼变奏	/ 156
寻梦	/ 156
禅定	/ 156
对镜	/ 157
苏州谣	/ 157
雨中桃花	/ 157
桃花泪	/ 158

目 录
CONTENTS

倩妆	/ 158
心舞	/ 158
驴肝肺	/ 159
错伤	/ 159
柳词	/ 159
酒（一）	/ 160
元旦	/ 160
跨年垂钓	/ 160
秋锁	/ 161
花藏	/ 161
尘红	/ 161
作古	/ 162
残红	/ 162
问咸	/ 162
邻家搬家	/ 163
红楼晚唱	/ 163
酒樽	/ 163

目　录
CONTENTS

松风	/ 164
梧枫竞	/ 164
春梦	/ 164
春江泪	/ 165
酒（二）	/ 165
残酒	/ 165
推酒	/ 166
夜垂	/ 166
春香	/ 166
莫愁	/ 167
春分（一）	/ 167
天香	/ 167
春风	/ 168
梦垂	/ 168
茶	/ 168
尘埃	/ 169
隐	/ 169

目　录
CONTENTS

清明（一）	/ 169
闲梦	/ 170
残花	/ 170
诗化	/ 170
锁	/ 171
花序	/ 171
问君	/ 171
落叶	/ 172
云裳	/ 172
夏至	/ 172
嗅	/ 173
柴苑	/ 173
鹤去	/ 173
风铃	/ 174
夏雨	/ 174
绝尘	/ 174
秋暴	/ 175

目 录
CONTENTS

西塘咖啡小屋	/ 175
玉龙雪山	/ 175
秋落	/ 176
飞花	/ 176
惊燕	/ 176
瀑雨	/ 177
木屋谣	/ 177
滴水禅修	/ 177
情殇	/ 178
荷香	/ 178
望镇江	/ 178
过江阴	/ 179
二人转	/ 179
太阳岛上	/ 179
黑土情长	/ 180
帅府憾	/ 180
黑土记忆	/ 180

目 录
CONTENTS

处暑	/181
曙色	/181
三清奇景	/181
遐思	/182
醉（一）	/182
七夕	/182
酒窝	/183
初见	/183
白塔	/183
秋雨	/184
残梦	/184
倩影	/184
刹什遗梦	/185
悼岳丈	/185
欢颜	/185
忆	/186
秋分	/186

目 录
CONTENTS

愁（一）	/ 186
秋寒	/ 187
心碎	/ 187
西湖秋雨	/ 187
结庐	/ 188
冰心	/ 188
南豆	/ 188
红楼残梦	/ 189
争艳	/ 189
问月	/ 189
邀月	/ 190
赏月	/ 190
送月	/ 190
荷花	/ 191
碎心	/ 191
秋寒	/ 191
风吹	/ 192

目 录
CONTENTS

别	/ 192
人间天上	/ 192
枫林晚	/ 193
木芙蓉	/ 193
闻香	/ 193
桃源	/ 194
桂香	/ 194
迎宾	/ 194
裸穷	/ 195
梦醒	/ 195
禅香	/ 195
武陵游梦	/ 196
追梦	/ 196
浅醉	/ 196
笑颜	/ 197
蝶迷	/ 197
悟	/ 197

目 录
CONTENTS

梦	/ 198
浇愁	/ 198
悄俏	/ 198
私语	/ 199
登高	/ 199
千杯饮	/ 199
春怨	/ 200
相思煮	/ 200
瀑	/ 200
洞庭秋晓	/ 201
春雨	/ 201
黄泉	/ 201
三清神韵	/ 202
双11	/ 202
谋道	/ 202
寒沐	/ 203
愁负	/ 203

目　录
CONTENTS

马家柚	/ 203
回眸	/ 204
醉石榴	/ 204
孤山	/ 204
丹青	/ 205
黄鹤梦	/ 205
金陵吟	/ 205
莲子	/ 206
枫红	/ 206
云飞	/ 206
丝柳	/ 207
漓江剪影	/ 207
漓江渔歌	/ 207
漓江丽影	/ 208
月亮山	/ 208
沉鱼	/ 208
苍山雪	/ 209

目 录
CONTENTS

蝶问	/ 209
怅	/ 209
梅（一）	/ 210
月蓝	/ 210
冷月	/ 210
落梅	/ 211
泣梅	/ 211
雨水	/ 211
别梅	/ 212
过年	/ 212
梅（二）	/ 212
后备厢	/ 213
送红柯	/ 213
送远	/ 213
醉（二）	/ 214
春色	/ 214
惜春	/ 214

目　录
CONTENTS

元宵	/ 215
吊脚楼	/ 215
试衣	/ 215
天娇	/ 216
思	/ 216
嫁衣裳	/ 216
桃花	/ 217
旺	/ 217
菜园	/ 217
问世	/ 218
余欢	/ 218
桃花源	/ 218
悼友人	/ 219
悼霍金	/ 219
红尘	/ 219
玉叶魂	/ 220
金湾	/ 220

目 录
CONTENTS

去远（一）	/ 220
树屋	/ 221
三角梅魂	/ 221
桃眼	/ 221
海棠怨	/ 222
虎跳峡	/ 222
把酒	/ 222
盘	/ 223
寻（一）	/ 223
人工智能	/ 223
吟	/ 224
清明（二）	/ 224
清明（三）	/ 224
恋	/ 225
艳桃	/ 225
新村	/ 225
又见雁字	/ 226

目　录
CONTENTS

周庄春雨	/ 226
醉（三）	/ 226
屋前菜园	/ 227
娄山关	/ 227
昆仑关	/ 227
斜阳	/ 228
念	/ 228
小园	/ 228
流光	/ 229
观胡黎明画	/ 229
无极	/ 229
梦瓷	/ 230
斯里兰卡	/ 230
云帆	/ 230
云雁	/ 231
佛牙寺	/ 231
台风	/ 231

目　录
CONTENTS

小鸡斗	/ 232
寄魂	/ 232
风情	/ 232
薯雕仙女	/ 233
迷	/ 233
醉钓	/ 233
荒始	/ 234
幻影	/ 234
梦西塘	/ 234
云浪	/ 235
无尘	/ 235
醒	/ 235
净	/ 236
草坪故柳	/ 236
蓬莱归	/ 236
川情	/ 237
空	/ 237

目　录
CONTENTS

归晚	/237
相思雨	/238
四月天	/238
沉梦	/238
睡莲	/239
陋室	/239
吃货团	/239
禅（一）	/240
秋叶	/240
菊	/240
孤鹭	/241
清影	/241
空月	/241
秋棠	/242
红老	/242
云山雨雾	/242
影	/243

目 录
CONTENTS

雾	/ 243
寒暮	/ 243
雾迷	/ 244
寒阳	/ 244
愁（二）	/ 244
兰舟	/ 245
闲梦	/ 245
去远（二）	/ 245
石榴	/ 246
花流	/ 246
云鹤	/ 246
呓	/ 247
梦飞	/ 247
闭关（一）	/ 247
花红	/ 248
难题	/ 248
夏蝉	/ 248

目　录
CONTENTS

郁	/ 249
郁孤剪影	/ 249
高飞	/ 249
禅（二）	/ 250
归	/ 250
秋	/ 250
闭关（二）	/ 251
半月	/ 251
云碧重阳	/ 251
梦呓	/ 252
寻秋	/ 252
幽梦	/ 252
疑	/ 253
飞花	/ 253
除夕	/ 253
觅香	/ 254
阻	/ 254

目 录
CONTENTS

难	/ 254
惊梦	/ 255
读梦	/ 255
余伤	/ 255
樱飞	/ 256
春分（二）	/ 256
桃花醉	/ 256
飞花	/ 257
三月	/ 257
情恨	/ 257
问醉	/ 258
寻（二）	/ 258
烟雨	/ 258
寻鹤	/ 259
残蕊	/ 259
问道	/ 259
惊	/ 260

目 录
CONTENTS

辞春　　　　　　　　　　　　　　　/ 260
尘梦　　　　　　　　　　　　　　　/ 260
苦情花　　　　　　　　　　　　　　/ 261

跋　　　　　　　　　　　　　　　/ 262

新十四·凝眸

停 摆

时间在黑暗的夜,停摆
一秒一秒踏着嘀嗒的脚步声,漫游
煎熬的思绪混乱,无绪
细胞分裂脉动的节奏,混乱

西风悄悄拂去炎暑,疯狂
一道闪电惊醒梦中人,无望
裂痕,在一瞬间撕裂时空
虚空纬度伤痕累累,哀号

枫红与花信告别,满天飞絮
银杏,渐渐变得满笼金黄
绿野仙踪无影无踪,空余
一曲琴歌遗落,变奏

读秒的残月在晓风中,挪步
几个字符在寒露的映象中,梦呓

(本诗入选《2019中国年度优秀诗歌选》)

秋　魂

一个，虚弱的灵魂
游弋在虚空中，执着
要想清洗干净混浊的，躯体
七拼八凑的细胞，散落

百亿光年之外的悸动
掩盖了几多纪元，爆炸
宇宙的弦弧光照，一霎
流淌成飞速膨胀的旋涡

彼岸花绚烂的诡异
朦胧中藏着怪声，寂静
奈何，梦幻只在修炼的幽谷
偶尔，放出几个萤火虫

枯萎的绿又憔悴了
烧了，几片飘絮云裳

失 忆

一个春天的失忆，在秋天
划过太空坠入虚无，寂静
缥缈的思绪混杂着，一朵
有些娇艳的桃花醉了，掩隐

东西南北的暖气开的不是同一个，温度
窗花掉下几朵冰凉，雕塑
一个个没有灵魂的雪人
占据了整个冬天的阵容

风不知道吹过来还是吹过去
没有意义的旋流搅动着，平流层
波涛汹涌没有休止符，太阳
悄悄修剪枝丫让冰凌，碎了一地

乌鸦坐飞机从来没有，买票
守着售票机张开，血口

闭 关

欠了很多的无奈,无尽
不是一个世纪的传说
就可以把天堂里的祷告,说完
忏悔录没有记录下,呓语

天池没有春天的气息
垂钓者已穿越了几个,时空
没有掩饰的寂寞,蔓延
冒昧的雨滴遗落几个,婚誓字眼

装裱的墨迹成了,文物
拍卖行喧嚣的误读,无助
不知道赝品可不可以,悄悄
写进故事书里,各方言欢

卷曲的盘香燃起袅袅,青烟
悟禅的空灵闭关在一滴水珠里,休眠

迷 失

春风十里，弄丢
绿荷载回来的盟誓
寒冷的穷秋吹落，藏在
露珠里的愁肠，千缕

不知情的云裳洒下，泪雨
溪流漂来没有抹妆的枫红
漫天飞扬的花絮急得，抽泣
找不到回家的路，苦旅

颤抖的脉动悄悄泛起，涟漪
污浊的虚空之眼，眨巴
收垃圾的密闭车无视，残余
填埋，一个熟练的工序

芳华落尽的幽影，藏隐
树梢又有新蕊，孕育

错 码

歪歪扭扭的字符
堆积了一堆，错码
没有，理解的呓语
酸涩的愁绪断了，思路

键盘的敲击声惊醒了
一个世纪的觉醒，手游
穿越，攻破一大堆虚拟的空间
帝国仙界接着涌来，幻影

深度算法赢了一个又一个
天才，在运算符号前无语
最强大脑没有比芯片组有更强优势
往昔成就感的孤傲，成了摆设

破旧的故纸堆积累了些许哀伤
存储器抹去了，梦的殇

禅

人生感悟，一霎
立地成了千年的，佛
不知道人生苦短，一丝
禅意，在菩提树下缠绕

虚空中的虚影，飘浮
金色的光环时隐，时现
不时在劝说，苦海
无边苦海又有谁，渡过

禅意从来没有，回头
菩提树下只有佛祖，看到
来世与今世，今世
前世轮回，因果

虔诚的梦呓注入木鱼，石化
一缕缕信念化升，佛光

裂　缝

想撕裂空间裂缝，偷窥
爱恋卷起的，痴狂
破碎的薄膜掩漫，迷雾
看不懂一串串遗落的，字符

漆黑的四周没有一丝，亮光
意识流涌动一浪盖过，一浪
银河渡口找不到回头的船
彼岸花开满却无法，攀摘

域空间是遥远的虚空，还是
区域链接的过渡，驿站
浮动的虚幻乐土有太多的，疑虑
一个个号码怎么也解不开，连环

无助的心语终于，停止
发出，电波没有信号回复

玉　石

一把刻刀破开，雨花
在润玉中悠游浮动，思虑
没有意义的线条断裂，寓意
一个遥远传说破碎，片段

沉重的门没有打开，露珠
凝聚，收集了一摞摞字码
昆仑山沟壑埋下几块，璞石
蓝田的梦呓积淀，千年

古老的思绪颤动，无解
原来的意象无形飘浮，信仰
捉摸不透的疑问太多，无奈
良渚还原的符号飘出几笔，虚影

破碎的意象太过，空洞
方寸难以收藏几千年温润，文脉

徘 徊

在殿堂的门口徘徊，没有
跨入，奏响《欢乐颂》的竖琴
突然停止了一切，念想
梦游的倩影转身去了，虚空

没有留下誓言的脉动，无语
颤抖的琴弦断了，愁肠
抽搐的脑细胞梗死，迷惘
神经元没有了符号连接，瘫痪

中风的符号满天乱舞，爱情
找不到回家的路，遐想
下载的指南错了方向，手游
拿起却无法放下，暗香

魅影百媚回眸的阴霾，缠绕
云天的霓裳羽衣曲，寂静

泡　馍

一碗泡面遗落四方，羊杂
掺杂着各处的特产，满满
装满了冷冷的馍，一片片
浸湿西北荒山野岭的，风沙

咸咸的臊腻漂浮着，暗想
高粱红了还有酒，没有酿
黄花菜缠绕着长长的，思念
竹笋的底料晃动着黄河的，殇

八百里秦川刮过，流觞
信天游忘了回家的路，念西口
有一个梦泛起，鼓点落到了
天涯海角，红红的灯笼没有灯花

花棉袄陪伴着黑西装，橱窗
进进出出的影子跌落在，小店旁

秋　绪

太阳从北端，回归
向南渐渐远去，温暖
代替了焦躁，风改变了属性
寒冷，侵蚀着肌肤纹理

月亮变得清冷，弯钩
孤独斜挂上枝梢，寥寂
枫叶红了没有翠绿陪伴，疏影
幽梦沾湿呓语，落霜满地

孤傲倩影若隐，若现
几点嫣红冻结在玉笛，哀怨
满天飞雪，风花
悠游一个轮回，悲恸

何处有润雨湿透，相思豆
等待纤纤玉指捧在，手上

读　魂

夜色掩隐，幽影
一缕寒凉惊醒，无奈
重生，轮回的宿命
基因密码突变偏离，轨迹

人工智能怎么链接，灵犀
芯片组弄坏了自主感知，错码
上传的灵魂代码无法解释，混乱
无语的细胞与芯片，相斥

神经元没有解密显意识，封闭
深度算法太过天真，无法完成
敏感羞怯倨傲难以，接受
没有情感的乱码，如何截屏

天外浮云没有带来梦呓，通道
虚空潜意识掩藏短路，寥寂

愁　肠

一杯黄酒透过

愁肠抽搐委婉，拒绝

胃酸分泌太多渗出

火辣辣的反嗝束手，无措

没有意义的呓语，梦里

又一个没有结局的故事

粉艳的雪月风花，飘了几季

邋遢的秋靥装不下，抽泣的眸

依旧幽影无忧，妩媚

杏眼桃花醉了一个，秋

嫣然一笑的无助，收藏了

一个雨季没有停止的，念头

打湿的罗衫怎么也晒不干

换了一件又一件，绿风裳

情 仇

爱与恨都已，溜走
平静却不知在哪个角落，颤抖
抑郁的天空纯净得没有一丝，尘埃
风也无助地，发愁

飘飞的心绪，不宁
满宇空还有没有，归宿
莫测，呓语有没有
停下，悄悄喘口气的节奏

手指怎么也无法握住，漏沙
牙缝无法堵住，漏风
辨别不清发音，怎么也弄不清
为什么滴滴答答，泪水横流

脚下向四方慢慢扩散，沟壑
掩隐着，跌落寂寞的音符

殇

一个丑陋的病毒
偷偷溜进江城,疯狂
与十四亿惊骇的黄皮肤
开了一个世纪玩笑

些许迟疑些许哀伤
一场风波席卷南北,东西
口罩成了最畅销的辛酸
隔离,不得不延长的长假

逃离,潜伏的坏细胞
蔓延在无奈的考量中悄悄泛起,浊浪
泪珠在除夕的钟声里,落下
溅起的浪花淹没在生死的凄美逆向,悲壮

标语围栏土堆路障,阻断
厨房厕所卧室客厅幽游,孤独的时尚

坚 持

丑恶的病毒怎么能把，一场欢聚
搅动得乱七八糟，除夕
那美味的年夜饭正在，飘香
妈妈的味道，谁也阻挡不了回家

写下几个字符，悄悄留在餐桌
无问生死，那是生命的呼唤
永远不会消失的信念，一直
陪伴在一批又一批，白衣天使的身旁

湿透的衣服换了，再换
一级响应是无声的，冲锋号
防护服口罩手套护目镜就是，特战服
尿不湿搭上了便车成了护航的，保镖

江城的夜特别的沉寂，悠长
十四亿的心都注视着那一个个逆行的，影像

中国医生

不由自主地就想起，你
疲惫的眼神，掩隐
笑脸与笑脸重叠，苦涩
疼痛，多了一道道勒痕

没有月亮的夜晚
晃动着许多背影，远去的光点
匆忙却又无比，坚忍
突然降临的病毒危及，生灵

回家的喧嚣突然停摆
悄无声息的寂静，悄然而至
恐惧，口罩突然流行
病毒在黄鹤楼四周，肆虐

准备好的一桌盛宴无法，烹饪
不断逆行的风景飘过，白衣背影

泪 点

梦在寒风中战栗
躯体在膨胀
细胞在飞扬,乱了
一个念头弄湿了,云裳

细雨渐渐变成了
飞雪,满天的雪花飞呀
飞呀,找不到终点
飘着飘着,迷失了方向

不知道这厚厚的雪
是不是那满天飞舞的雪绒花
寻找的梦遗落停靠的,站点
怎么也无法飘下一丝,红颜

无助的梦在虚幻中熄火
残月掩面漏了一夜,泪泉

虚 影

斑驳墙上挂满,假面
鼻子眼睛嘴唇,逐渐
变成你变幻的幽影,似乎
掩饰泛起的涟漪,迷惘

想捧起你的脸庞,轻轻地抚摸
那脂玉般的肌肤,水嫩
冰凉的空气虚化,一缕
寒烟悄悄飘散,思念是一种病

旧人旧事旧日子,灰尘
太多的无奈撒满了,角落
屋檐下的秋千索,没有
纤纤玉指遗落,馨香

干枯的花瓣飘过云际
恍惚的幽影没有遇上,一笑百媚

伤 逝

青春在消磨中渐渐流逝
生命在恍惚里虚幻
灵魂在摆渡时些许，顿悟
时空在召唤瞬间，扭曲

细胞分裂造就活力
基因突变突破瓶颈
森林法则淘汰不适
山顶洞遗落咆哮，叹息

数不尽的星空拂过，咒语
巫师引领潮流在乱流中朝拜
宇宙神乱了阵脚，上帝遇到佛和主
儒道睿智流向蜃楼，迷惘

盘古开天却又拉上女娲补上，缺口
掩隐虫洞加上一组猜不出的，密码

恨

灵魂游荡偶尔,瞬间出轨
虚妄的意念在孤寂中,寻找归处
黑暗的虚空无边,无际
几百亿光年的荒芜,无极

寂寥的时空停止了摆动
不知道开天的盘古是否遗漏,虫洞
女娲补天石有没有,多余
潇潇暮雨悄悄滴下无尽的,恨意

多重宇宙收藏上一世,还是
这一世的爱情,暗昧
在几生几世穿越,总忘了
来世的邀约,印在云天的标记

空荡荡的燕子楼有一缕
幽香,不时飘起清觞余韵

颤 音

一缕狂热引动银河系,地震
太阳风粗暴渗透,穿过
几千年时空,挂壁
晃动,时针旋转没有刻度

量子在虚空中随意,涨落
掩隐,崇释冥想演绎出了几个文明
虚影在壁画中拼命描述,远古
有多少鲜血成就了,功绩

胡夫没有与张骞,对酌
山海经无意,喜马拉雅的过错
宇宙泛起并行洪流,垂下喧嚣的帷幕
拜占庭在金字塔尖泻下,尼罗河

剑舞的细胞没有,节制
病毒闹翻了,太平洋升温无数

星际雷电

黑洞深处,不住的电闪牵来
轰鸣的雷声,炸响虚妄
惊恐的雨丝悄悄收起溅出的,雨花
落在不敢摇曳的枝梢,凝固

烦躁的风憋着呼吸,劲拂
静静地等待云的裂痕,沾上
支离破碎的思绪,混乱
天外天的鸿蒙是不是没有让雷神,休息

虚妄中有几个空间,平行
梅子黄时雨有几个桃源,可寻
几百亿光年之外的虚空
还有没有另一个宇宙,纠缠

脉动的量子想与涨落一起
在星际航站,穿行

没有意义

云飞的日子,没有
买下一些阳光偷偷地,挂上
飘雨的季节,没有
打湿绿风裳掩隐的,紫艳

飞雪的天际,没有
留下冷艳的痕迹
和风吹皱的荷塘,月色
没有,打捞起浸湿了的星云

没有意义,没有
丢失,不知道迷失在何处的迷魂
重生,在岁月中
没有渐渐,老去

生锈的生物钟还在不停地震荡
意义有没有,继续没有意义的判定

标点符号

本想打个句号,却
不小心弄错打成了,逗号
抑郁焦躁的问号,思绪很乱
无法翻开这页不应该再打开的,页码

顿号的注脚已经不重要,也
模糊不清地丢掉了引号,冒号
不情愿地消失又出现,分号
不自觉又连上了,省略号

本想写一首诗,感叹号却
把散文拆分得乱七八糟
没有书名号的封面,悄悄
打了一个着重号,无语

无助的文字不知道后面还有没有,标点符号
连接号很无奈地等待下一个,句号

等千年

这一世与往世的交会
不知道是这一世
还是往世的清梦搅浑
一坛老酒的香醇，浊

往世的暧昧不知道，有没有
遗落的情感脉动，在
基因密码里，锁定了
一世情缘的念，让相思病了

只是前世的来世，谁
又能说得清楚，千年等一回
是一见钟情，还是
梦牵魂绕的一见钟情，还是
弄断愁肠的离殇

这一世的来世又有，几个约定
千年后还会不会等待，一个夜归人

伤 不 起

爱，不能太任性
不是一堆零食，可以
随心，吃个惬意

爱，不能太放肆
不是身边的小饰物
可以，随便丢弃

爱，不会太单纯
不是假面下的幻影
随时可以变换面具

爱，真的伤不起
云裳的七彩湿透了
洒下无数悔恨交集

爱，无法设计一道轨迹
改变了的情感，无法归去

爱情出逃

爱情,无法从婚姻中出逃
奔向爱情海波涛汹涌的,碧蓝
停止的时间在混乱的空间乱流中
不时地修补黑洞,破碎的灯塔

迷航的情感在风雨中抽泣
寂静的宇空没有回答
错过的航班不知道还会不会
在这无人的机场,等待

星际穿越还是平行宇宙
把时间悄悄拨到前世还是,来世
多维度迷惘隔断,一个个
无助的情感,病房

思念的种子总是无法呼吸
奢侈的情感不知道,哪里会发出连接的信号

符 号

从撕裂的空间,漏出
几张,记录着某些事的残片
不知道上面是离今天太久远,还是
来自,来自另一个星辰宇宙

不认识的符号,排列又太乱
残破的片段又不在一个时空,显像
似乎想要发出的声音,突然
变幻成另一个,若隐若现的哀叹

这人类的理解力,还远没有达到理解
多维空间的符号,混乱的情感
无法共鸣,这显像不全的媒介
无法理解,另一个宇宙的风暴

时钟悄悄地来回飞转,想找到
可以翻译成地球人知晓的,影像

初　恋

并行世界找不到虚幻的幽影
无声的宇宙钟轻轻细语
那无极的宇空没有边界
错过的轨道不知道在何处，伸向站台

天空的情感没有，意义
上一世与下一世不知道会不会交集
还是今世的情缘已消费光流量
再也无法寻回原来的轨迹

都说这一世的浮云是上一世的情感
下一世的情感是这一世的无缘
无法诉说的爱恋不知道是偷偷溜走了，还是
被泪水吞噬模糊了双眼

无聊的一世又一世等待
不知道会不会寻找到，初恋

超 导

石墨烯错开了些微，角度
心灵感应沟通了，超导的电子
无极限的电流触动，心弦
脉动的细胞在一瞬间，凝固

天真的梦呓飘飞，寰宇
几个音符落下，憋不住
一树花枝招展的情感，流淌
小溪不断流出，量子束

链接虚空的纠缠，没有回复
深度算法弄错了多维度宇宙
涨落的暗物质，不知
在何时又从头开始，起伏

碳原子构架了一条，天路
薄情的云雨，涨满了黑洞

芯 之 变

几个纳米的畅想，流淌
在硅晶片的构架上印刷，芯片
摩尔定律的魔幻瞬间爆炸，还有几个翻转
最后的临界掀起，一阵一阵波浪

无所不能的石墨烯管终于明白
明天的量子计算在裂变中
悄悄酝酿一个又一个，深度算法
超算挤破了电路板的边界，羰基上场

看不见的波重构了一个个，重生
4G，5G，n G，争吵不休的情感爆发
大数据没有理清，资本在不在场
只有一个个声音在虚空，嘶喊

肆虐的病毒淹没了世界，露出假面
臭虫，疯狂地举起，魔剑封杀

抑郁的殇

抑郁的飞剑在虚空中,游荡
不畅的意识流有些哀伤
堵住心口的脉动无厘头,躁动
晃动的生物钟,时不时紊乱

满街流动的魅影无法牵手
自闭的情感,不知道如何释放
借酒消愁的奢望,多了许多幻想
转身就不知道如何扶住,失重的虚妄

想逃离竹篱笆围起的墙
可天涯何处没有牵绊
滑过的屏幕,微信有太多的念想
一不小心爱上,一个月黑风高的夜晚

明天的太阳与今天还是一样
日出的时间稍稍改变了,几分钟的时差

断　裂

一道道轨迹在时空中，断裂
站台，在风雨缥缈中发出微弱的哀伤
撕裂的碎片飘落，一张张惊恐的脸
来来去去的人影在迟疑中，按下暂停键

寒流，北方的狼遇见西部的雪豹
南方的雨点汇入东海的，苦涩
卷起江城白雪，白衣背影
无问生死的决斗，走向雷暴的中点

时间在一刹那静止，空城
东西南北的坚韧，支撑
不灭雷火悄悄燃起，熊熊烈焰
在一片哀伤中将病毒，焚灭

封闭的城门在午夜又开启了，高铁又驶向正点
一簇簇笑靥又在江汉三镇，在九州绽放

避 风 港

数亿光年前蛇夫座的爆炸
宇宙的荒原放出了一匹狼
巨大的虚空把千百个银河系,装下
沙粒般的卑微,塞不住一丁点的虚妄

黑洞残暴吞吐着一个,巨大的能量
秒杀一切的威力,杜绝一切生物的梦幻
只有燃烧的火焰成了,主宰
不尽的灰尘泯灭了,造物的构想

吞噬着的黑洞魅影,无极
愤怒的剑,以光和能量释放
摧毁着一个又一个光年之外的,蜃楼
上帝之手也无法掌控,宇宙之剑的凶狂

一个太阳升起的地方,也许
也许,是人类在宇宙唯一能够守护的避风港

不 想

水凝的梦稀里哗啦涂上墙
渗入缝隙的伤痛抑郁地撒落
变奏的夜曲悄悄流淌
唱了千年的夜莺突然停止了吟咏

蟋蟀拼命地与对手搏击
可虚拟的空间太小
手游的画面怎么也无法
回溯士大夫们的闲情逸致

边界的警笛又吹响
冰凉的峡谷落满了傲慢
海市蜃楼的天空中来了一个臭虫
愤怒的心脏，心动过速

说好的一切没有了着落
铁幕的后面隐约摆满了爆炸物

幻　影

守着，窗前一片绿
锄头翻遍一寸寸土地
幽影不时冒出，不知道
是哪个时间留下的痕迹

一叶落下的情感
在时间和空间的变幻中交集
几个世纪的重叠，无法
找到合适的位置，找到前世的身影

一茬茬一季季花花绿绿的欢愜
在虚空中飘游了无数个夜
浑浊的呼吸分辨不出
是汉服布褂还是西装革履，才是人生

云外的冥想没有想透山外的意义
无妄的虚空飘游着手游的念想

痴 情

自信,又不自信的一坨
一坨肉和骨头,糅在一起
粗糙地黏合成了,一份
有些得意又有些卑微的,痴情

细胞的血脉错了几个符号
一场混乱的碰撞,激活了
遗存的遗传密码悄悄,连接
不知所谓的符号,丢弃在冰冷的路旁

沟壑,字码叠得太乱
通向冰峰的路,没有栈道
一条纤夫的绳索磨破了,几个节点
陡峭的涯际,没有落脚的地方

幽深的壑谷遗留下一个茅庐
漏风的竹篱笆攀上一朵,野花

混　乱

情感在资本的货仓没有预约
玫瑰色的钻石戒指成堆码上
一个个动人的传说，遗落在深水港
愚人码头的超智能雷达没有感觉到，集装箱的恐慌

水晶的光泽在灯光下没有色彩
连接大数据的超算，没有算出密码
错过的码头卸下了错位的珠宝
电脑里的金融指数疯狂，起伏涨跌

病毒在黑客的键盘飞速运转
不知道是细胞吞噬还是抑郁的突变
后遗症在一刹那静止的屏幕，揉碎
一个个惊艳的梦，纤维化还是心脏损伤

无情的风暴流浪在自然免疫的边缘
喧嚣的撕心裂肺遮掩，隐秘的谎言

宇 宙 外

宇宙外，血玉苦苦挣扎
虚妄，没有虚空何以构建
一霎光年，跨过几个空间
没有时间的情感，停止了编年

存载字符的纸片，破碎
千万年的误差翻译，没有现成的字典
物非物的火花溅落，太阳系太小
无法找到坐标点，星际还是位面

涨落的情感与宇宙风共振
喜马拉雅幻化成一个倩影
百度地图忙碌着翻遍平行空间
京东准备好了一架架无人机
在虫洞与黑洞之间布点

大脑内的芯片有太多的打算，静静等待
编入深度算法，寻找前世还是来世的诺言

无 奈

痛苦和焦躁蔓延，迷惘
虚妄，没有时间的纬度停止脉动
红绿灯混乱，不知道是尽头还是起点
单行道无法判断，下一个站点

放空，一切的来源不知道如何摆放
假面，到处都是错位的信息
碎了的情感无法理解，翻云覆雨
无法搞清楚，为什么荷叶才露尖角一点点

一回头才知道原来，时间
并没有，再从头开始的时间
混乱的思绪搅和着一个个错误
幽影有没有留下痕迹，和那重叠的笑靥

昨日与明天无法连接
今天的断点太多，无奈成了焊点

浅 唱

秋的故事

捧起三秋故事
惊呆，一地搅翻天的秋风落叶
不知谁负了，一片白云
寸心尽碎，无法拼接的水晶
在晨风中，颤抖
念，成了一种病
漫天，霖涟泪雨

碎　心

碎片散落，何必
拼接，把每一片都装饰
精致地挂在墙上
组成一个心的图案
一片一故事
故事里跳跃着泪花
落下心酸，心的脉动
快乐的激荡

成功的欢悦

小聪明的窃喜

自尊的痛

暗自的神伤

眷恋的岁月

孤独的思

昼的夜，夜的无眠

定格在，晶莹的水晶中

精致地碎了

捡不起来，无法改变

哪怕一丁点

时光的倒流，也不会，出现

虫洞只是奇想，穿越回去

重演一出故事，还是

这些碎片，定格

捧在手心，锁进心帘

悄悄藏在心底，糊上

绚丽的色彩，让

殇的痛轻轻地滑落，让

时钟，继续转动

夕阳西下的天边

拖着疲惫的碎心

摇晃，晚霞里

美丽动人的影

期　盼

杨家岭的灯不再亮

漆黑的夜落下，几颗星

照亮了，羊肠小道

窑洞里没有了，思想

空空的山沟里

蟋蟀迷茫地，寻找

那翻过的一页

为什么，在摇曳的烛光里

没有，投下字条

恍惚的记忆

错乱地排列几个，铅印

溪流干枯得裂开了唇

渴望的黄土坡

期盼一场雨，湿润

雾霾笼罩的空

吸入的空气

夹杂着，太多的殇

哑了嗓子的信天游

憋屈地流淌着鼻涕

兰花花的岁月

扛起一溜溜情

亲们的哥哥迎来，又一段情

香 卷

焚香，邀月

吟，风卷

伴魂销，琴歌

禅不断

耕钓，鱼儿笑

回 炉

装了太多的垃圾

还有很多病毒

神经元搅和了

疲惫的神经质

发出了紊乱的信号

短路，连接短路

满脑子空空，黑屏

回炉，炼一炉永远

不用学习的，信息库

装个芯片，加个WiFi

连上手机，与超算联通

天下无敌

东 坡 琴

音韵未吟

心，已碎

琴声，呜咽

路上行

风波，万顷

红林起

西子泥堤，宫阙倾

今夜酣眠

心花绽放的天台
洒下,满坡的欢笑
飘飞的落叶,堆起
欢畅的笑容,伴随着
秋风舞蹈,扑面的秋意
可爱的,有些神魂颠倒
轻轻飞过,偶尔
带来,露滴的袭扰
舒爽的夜,凉了蝉的音符
传来,树枝低沉的风啸
时而卷起波涛
冲击着一片树林
掀起一阵黄潮,静静的夜
守着透亮的月,总想
窥视窗户里,可人的卧榻
为什么,如此安详

秋　梦

淅沥沥的雨声，打破

晨晓的梦，秋的泪

夹杂些许忧愁

春的绚烂只留下黄黄的叶

蜿蜒的溪流，装不下

太多的心愿

洗过的殇，衣襟湿透

棒槌声遗落在岁月里

轻轻敲击着伤心的蹉跎

没有回望的清澈透明的源

渐渐模糊朦胧

欲念的指头戳上几个，蝌蚪

叽叽喳喳说个不休

歪歪扭扭的字符

说不清是错录了痕迹

还是痕迹已太过模糊

渐行渐远的记忆，封存在

飘摇的传说中

煮一壶香茗，烧一炷清香

融进缥缈的吟声，禅化

秋　意

秋意会溜得，很远

留下，几个符号

一段小小的呢喃

春雨在手指间下个不停

夏季的台风不时卷起

秋的叶飘哇，飘

飘荡到冬的泥里

美美地睡一个冬季

又，悄悄地趴上树梢

发出新的芽

渐渐地绿了，一片片坡

绿了，一条条街道

衬托着花

炫耀妩媚的花姿

痴醉了赏花人

融入花的髓

跌入叶的露

幻化在花的果

飘过,一个又一个秋

秋 风

满天卷起

呼啦啦的狂风

落叶,纷飞

细细的沙尘

暴吹枯枝

嘎吱声不时震响

花的种子乘势,飘飞

寻觅着适宜的土地

期待着来年

开满一片片山坡

飘散的种子

落在泥土里

静静地守候春夏的回访

蒲公英山茶含笑

樱花木棉花桃花

映山红海棠

牡丹花荷花

沁人心脾的白兰花

醉醉的，醉了一个春夏

飘来满院的丹桂金桂

争相吐露，馨香

秋　收

红红的柿子

挂满树梢

摇曳的柚子

透出诱人的芳香

落下的枣子

装满幸福的箩筐

秋风拂过的稻穗

传来一阵阵，清香

秋收的金黄

喜悦流淌在

篝火飘飞的星光

秋 色

用秋叶画出，秋天的颜色

拿起又放下，不知道

红的还是黄的，画出

第一笔画，一摞摞落叶

层叠着数着，秋的衣裳

枫叶的红艳，染遍

满山的欢畅

白桦林的小道，铺上

褐色的地毯

梧桐的脚下稀稀落落

点缀着，大大小小的彩叶

扇形的银杏叶，撑起

一把巨大的金伞

遮住姑娘脸上的太阳

漏下一缕缕金黄

随风游荡的秋叶

卷起一片片，斑斓

飘飞的思，让树枝

挂念，又一个寒暑

与他一场相逢

又一个秋色的，回廊

秋　韵

一阵雨飘

送来些许凉意

凄清的天空

投下透明的月色

冷冷的，暖意

驱赶夏燥热的痕迹

时柔时急的风

偶尔伴随黄叶，飞飘

渐渐金黄

带来喜悦，丰足

满满的梦归

摆上满满的珍馐

献上悦耳的旋律

雨打芭蕉，心曲

清酒漂浮着，香醇

洒一湖，涟漪不断的水滴

煮沸，秋的味道

思念，茅草屋门前

弯弯曲曲的，小路

一片接着，一片

黄黄的色盘

漫山遍野

满枝头，笑语

秋　漏

稀里哗啦的，一场梦

漏下了一阵阵，雨滴

昨天的燥热，还在

消耗，流量吧的愁

秋风秋雨，落下的痕

怀念，就悄悄

堆砌起厚厚的萌动

溜得没有一丝温情的云

不知在哪里，歇息

留下一个湛蓝的

有些，虚假的空

落在窗台上的阳光

悄悄告诉，那

溜走的云彩渲染了

一件晚霞的霓裳

送给秋的，风

风　游

风拂过，花容笑醉

溅落一湖春色

燕醒了，衔来草泥

筑了新巢，屋檐下

嬉闹的窝，孵出稚嫩的

思念，飞出小窗的

期待，大雁北飞告别

花的海，带着

春姑的嘱托，牵着

春风的衣衫，呼啦啦

飘飞的路途，洒下满天的希望

花，带着绿愈飞愈欢地游

北国风光缀上了，一个个酒窝

绚烂的笑脸，喜迎绽放的花朵

醇香的烈酒飘荡着，夹带着

新娘的梦回，牵绕

编织着幸福烙上的，大饼

大把大把地播撒，种子的思念

深深渗入，泥土的香饽饽

催生出，惬意的小屋

布满温馨的，粉艳

蒙蒙的嫣红，飞流欢快地

漂游，美国英国澳大利亚

里约热内卢悉尼伦敦纽约

多伦多东京新德里

莫斯科郊外的晚上，唱了一首歌

旋律激荡沸腾的，泰坦尼克

开足马力，与冰山跳起华尔兹

布鲁斯伦巴，舞动起细胞的笑脸

裂变出无数新的，头脑风暴

席卷整个地球，飞上月球的玉兔

急得再也不想回天宫，随着飞船

一起回到，茅草小屋

风 醉

谪仙惊碎梦
遗酒斗,千金
谁赎,吹醒夜风
光脚,寻玉菊
借留何宿,漏出
细窗格,影斜西走
送,暗香飞福
千秋古月星,追逐
纯酿诗吟,风雅泪烛
流云小溪轻读,牵
春风沐露,花落叶馥

山幽茅屋
种荫,醉坡台伏
渐霞落,月清
尘俗千株,翠竹
满苑桃花艳,香弥谷
骑牛散放羊牧,寄人下

篱倾巢出，鸟语
朦胧兴赋，雾飘烟瀑
惊心乐，晚籁笙曲
尽凤鸾，水袖翩跹舞
欢腾悌睦

灵山烟雨

远近云雾，遮珍秘
烟朦雨胧，幽邃
翠竹清溪，层飞嫩绿
千八台阶腾至
风轻浅醉，昔山麓禅祠
晚钟魂粹，鼎盛香坛
落轿声噪，急催侍

燕云逝过，梦寐
遗留痕迹熄，重寂归避
媚娇妩羞，惊险俊秀
似象，真形愧魅
沉酣深睡，为

日月精晶，引仙神思

造化添芳，赐

天灵，福地

听　松

常于峭壁，把根生

风急掠针惊，林荫

风黑无边夜，听松涛

呼啸雷霆，万马奔腾

肃杀，沙场鼓角争鸣

千年古月，照天庭

时贯有心擎

茯苓琥珀珍奇傲

伴寒友，百木盛倾

残雪飞梢霞染，沧桑

阅尽嵘峥

初 秋

袭，初秋潮冷
漏尘泛，浪沧寒叩
枫树谷雾烟，蒙
沁凉，飘满空

前夜燥晨风，啸
广场舞操，停跳
衫短薄露轻，惊
倚窗，秋雨听

少 年 白

少年未历，孤灯盏
羽翼，驯丰满
慧根开，刻苦耕耘
揽括书山学富，寓经纶

风残月浊，知无障

白发，何惆怅
飞天舟遍宇寰
搜，窥黑洞
星云，满布飘游

剑舞春秋

有青龙，剑舞绎春秋
谁指路藏锋，看
朝阳夜幕，风寒炎暑
星探云苍，智斗
鹰熊振翅，齐望月
生辉，年数功过错
门闭难书，太极
柔斜飞护，细琢磨
轻重，谋事躬亲
念，回身刺啄
虚步铸襟怀，足轻挪
凤仪舒展，渐跃升
摘桂冠，相弹
繁花锦绣，愁
轮空，还剑归鞘

不　要

不要，不要燃烧

燃烧得太猛烈

就会化为灰烬

糅合在尘埃里

悄悄地你中有我

我中有你

不要，不要试探

试探得太久

一切都会

没有了心动

两颗心的碰触

会溅出甜蜜

呆呆地注视

是甜蜜，蒙住了眼睛

不要，不要说爱

爱得太深

会迷失了自己

那轻轻地来,悄悄地去

甜蜜中隐含了

撩人的神秘

注入魂梦里,一串爱的呓语

不要,不要打断

这朦胧的失忆

让时光每一秒

都从现在开始

让爱意,延续到地老天荒

让回眸,永远充满

爱的诗情画意

恋

恋情,也许是一个

会被消费干净的,痴狂

从来没有一场恋情

会永远燃烧,不

燃烧的情感终有疲惫的,暗伤

憔悴的心碎了

怎么拼接也难以，恢复

原来的模样

旧 报 纸

积攒了一年旧报纸，终于

糊上漆黑泛黄的，顶棚

厚厚，一层又一层

旧闻，沉淀了一年又一年

刷了几斤面粉糨糊，黏黏

冻僵的手没能揭下老旧的，底层

叠加，报纸泛出掩隐的故事

讯息错乱一股脑装进，灰暗空间

整个小屋被包装成了几个，编辑部

编辑的字码成了小字报大字报，不时

飘浮着遗落的大城小事，小家大事，

只是，白天看过的文章到了夜晚就

糊里糊涂没有了印象，只记得

无数个记载断断续续，变迁

几十年的痕迹悄悄划过，穿越

粘连的旧报纸裹挟着陈年风雨,浸湿

历史,终于在拆迁的轰鸣中

羽化飞腾,成了一片片破碎的念想

依依不舍挥了挥疲惫的手,闭上混浊的眸

别

不要说遇见

是千年的等待

等待一个相约

擦肩而过是无缘的离别

别离的思绪混乱

缠绕的愁肠纠结成了

九曲回肠的相思,不知

流浪去向何方,暗香疏影

挂上残月弯钩上的幽影

来来去去的虚幻

寂静的喧嚣突然停下

左右飘摇的风,木叶

悄悄泛起,清眠

幽 影

不知道今夜

在世界的哪个角落

藏着深邃的眸

跌落的呢喃

在风雨的泥泞里

残留着记忆

随着水滴,流向

海角,飞花的影

晃悠悠飘到,天际

云天幻梦,霓裳

飞扬,媚艳的远方

一丝丝余香

化了,虚空幽花

雪

梦在寒风中战栗

躯体在膨胀

细胞在飞扬，乱了

一个念头弄白了

云裳，细雨渐渐变成了

飞雪，满天的雪花飞呀飞呀

找不到终点，飘着

迷失了方向

不知道这厚厚的积雪，是不是

就是，那满天飞舞的雪绒花

寻找的那遗落的梦，停靠的站点

魅　影

诊疗室的地板

成了疲惫的床

拥挤地排成一排

防护服口罩

还没有来得及更换

靠着办公椅，渐渐

进入了梦幻，战斗的间隙

你有些疲倦

没来得及的告别在梦里徘徊

你逆行的背影,悲壮

乱糟糟的喧嚣掩盖着

恐慌,在寂静的夜交响

突然停摆的时钟,有点无奈

迅速扩散的病毒,细胞

变化太快的节奏,碰撞

除夕夜一桌盛宴缺了,回家的念想

手指印聚集起一股战意

无问生死,与亲人暂别

阻断,邪恶的病毒蔓延

雨 烟

数不尽的眷恋

在滴滴答答的雨花中

破碎,透明的雨丝

不舍地渗入泥里

时而飘下的花瓣轻轻

亲吻,土地的湿润

凝结的露珠悄悄,挂上枝梢

又一个花开花落的季节

烟雨蒙蒙的三月,情愫

留下一缕幽香,滑过
四月的肌肤,滋润
一捧嫩绿

雨　珠

赖在枝梢凝成
一颗颗晶莹
含着这世间最甜蜜的爱情
翠绿的叶因此而清新
风摇曳不肯轻轻,落下
渗透泥里的温馨
细细雨丝相邀,同行
可千花散尽哪里还能爬上
嫩叶的柔姿,露水
要与根商量,沿着脉络
化为树的蜜汁
根的爱恋在风景里迷失
花红染遍的山坡
渗出了一条小溪
又带着露珠,远行

野 马

原野,冒出一匹

孤独的野马,没有

让缰绳套上高昂的,头颅

四处张望着,飞荡

没有时间停下来,看一看

周围的马在意的,装扮

没有时间停下来,听一听

呼唤自己的声音

哪怕那是爱情的旋律

让这旺盛生命力,成为

奋力一搏的支撑不管不顾,一切需要

没有时间理会,一切需要

时间陪伴的一切,都会

燃烧,情感的燃烧是

激情的燃料,是诗情不可或缺的细胞

一切都那么荒唐,又不可思议

时间在飞速而去,而野马

体力也终于渐渐耗尽,渐渐迟缓

渐渐迟缓的脚步在虚空，拖住飞驰的幻影

这恍惚一霎，出现

一个满是沧桑的祭台，那上面

没有牺牲品没有巫师没有布幡，也许

也许这些，永远也不会有

只有，累倒在祭台的野马

在梦呓中悄悄地，冥想

在天空中，独往独来

戴口罩的小哥

戴起口罩，你

变了一个模样

虽然，装备还是那么少

只是多了一些防护的，技巧

可病毒总想找到

你那匆匆的身影，想

来一个阳性的拥抱

终究没有怕，来吧

不怕，不怕的是姐妹们的点赞

不怕，不怕的是哥们隔空拥抱

路悄悄地停止了喧嚣

楼道的灯只是孤独地照亮

一个个身影在家门口的，一米外

藏着一个羞涩的微笑

宇宙洪荒

电子运动产生磁力，瞬间

引导电子运动的方向

无数电子运动积聚起强大，磁力

一个个弱弱的磁场，交互出一个效应

电子质子趋向于聚合，聚合成

最简单的氢原子，诞生的氢原子

只是一个小小的偶然，哦不

那是质子与电子，在无序混沌地运动

聚合成原始物质，在畅想洪荒

一个更大范围的，运动又继续演变着

无序有序对撞，混沌

形成巨大磁场，构架

更多氢原子在虚空中不断集聚，星云

虚空，氢原子星云聚集起巨大的能量

无法计数的纪年混沌无序，混乱运动

星云摩擦出火花爆炸，能量释放

一个个此起彼伏涨落的能量释放，爆炸

爆炸闪耀在虚空中，点燃

宇宙起始火种，宇宙

在涨落起伏的爆炸中

开始膨胀扩张，宇宙钟

上紧发条，氢原子聚合爆炸

创造了一个，宇宙洪荒

原野星云

繁星落下，沾上露珠跌落

朦胧的翠绿在流光飞舞

晃动的情感在流逝中惊醒

白色的花朵儿开了，又谢

铺开了一片云，静静地飘飞

几缕幽香在风中流传

故事的意义，没有梦呓

呢喃醉了，氤氲外远山的思绪

缠绕在露珠的爱恋，又

悄悄邀来天籁，一声幽吟

在七弦琴上，流过幽魂

烟草外不尽的，虚影

山　水

几笔泼墨，山水爬上了树梢

墨汁无意惹春芳，醉了

一曲晚课寒山，禅意

宣纸的纹理，烫伤了

未知的魂灵，几声哀叹

钟馗怕了，潜规则的刀刃

挥走了，落在树梢的畅想

诗人的爱情

与诗人谈恋爱，那是

最幸福的女人，谈着

谈着，就变成了诗的花雨

与诗人谈婚姻，那是

一个愚痴的女人，一结婚

你就难于再和他谈谈，诗情画意

那孤傲的身影藏在，角落

幽游在虚幻的字码里，没有

多余的时间与你，调情

诗人的爱情，是激情澎湃的山洪

是奔腾不息的江河卷起的浪花

是广阔天空的一缕阳光

是无垠大海里的几圈涟漪

是不食人间烟火的九霄传说

还有，锅碗瓢勺的交响

还有生老病死的，悲伤

还有，没有琐碎的思念

缠绕在一起的时光，还有

没有意义的对眸，娴雅

只是在浓妆淡抹中，静静地看着

看着那没有回眸的，一笑百媚

看着那不再回头的，花开花落

看着那没有结局的故事

按下停止键的一刹那，泪流

抑郁，伴随着焦躁的情绪

不知道，飘到了哪里

上个世纪的牙缝里蹦出的，词语
修饰一下就成了，金句
也许是在猜测，未来一世的爱情
会怎样，爱情会不会浪漫得没有边际
也许是在，平行的另一个时空里
一会儿去约前世的情人，要不要在来世
看一场没有结局的电影，或者
一会儿与来世的爱人发个微信，相约来世的哪一天
回放一段前世悲欢离合的，虚情假意
爱情的黑洞没有底色，诗人
无法找到这一世爱情真正的，旋律
分不清哪是生活，哪是情感脉动
破碎的时空，没有爱情的回眸
没有爱情的溪流，水花
溅不起诗的梦

诗 剧

含 羞 草

题记
那是一个远古的梦
在你的心里已追寻了
很久很久
在岁月里
你凝固了
凝固在你执着的追求
啊，梦

第一幕　序

第一场
月夜，原野，远方点点白羊成群，一白衣少女独舞

诗人：你悄悄地抬起头凝望
那月光编织的朦胧的诗景
伸展那弯曲得太久的纤柔的腰肢

听那风儿捎来的痴情

深深地吸一口滋润的露滴

痴醉在绿的藩篱

…………

轻柔的脚步声把你从梦中惊起

牧羊人问起你是否愿意与他同行

你匆匆地关闭揣着小鹿的心篱

唯恐陷进那藏着大海的胸襟

你怕失去昨天的你,更不知明天

明天的晨风吹向哪里

你不知道,不知道怎样回答

牧羊人的邀请

愿意不愿意愿意不愿意愿意不愿意愿意不愿意

愿意不愿意愿………

你在想那少女为什么不会陷入这般窘境

还是让风儿来回答吧

但愿牧羊人不再提起

第二场

诗人: 静静的湖传来牧羊人

忧郁的笛声

多情的柳枝搅碎了一湖的梦

淅淅沥沥的雨滴

不再溅出一串串

丁零

第三场

背景混沌一片

诗人独白， 男女群舞

诗人： 自从有了生命

平静就从地球上消失

精子和卵子的结合，晶析出爱

从此，女人拥有了男人

男人拥有了女人

上帝也无法阻止人类吞食爱的禁果

无法分享人类情爱的甜蜜

想那混沌之初

爱为何物？情为谁钟？

人哪，难道至今你还没有

算计清楚？

感觉是你的面纱?

理智是你的深邃?

生活的酸甜苦辣

全为你醉

悠悠白羊

在七彩晚纱中牵出

一个个玫瑰色的梦

牧羊人的笛声在落幕的风中

传来一曲曲辛酸的牧歌

嫦娥的悔恨

梁山伯与祝英台的化蝶

朱丽叶与罗密欧的怨忧

安娜火一般情感的爆发

红与黑的假面下铸就的一段段情仇

你赋予生以青春的活力

你赋予死以永恒的追求

完美和丑陋

是那样共谋幸福和痛苦

你给人类留下了一团

永远也解不开的迷雾

第四场

一对情人对舞,诗人独白

诗人:爱是什么?

是感觉?是虚幻?

人虚空的时候,就会寻找爱的充实

人疲惫的时候,就会停靠在爱的温床

坠入梦乡

人在痛苦的时候,就会寻找爱的温馨

和爱的纤柔!

当人们回首,他们发现爱的虚无

除了许诺,一无所有

爱的天地太小,太小

挤不进另一个忧郁的心愁

爱的天地很大,很大

将一切酸甜苦辣揉怀其中

上帝造人原本并未想到要赐其以爱

可人禁不住罪恶的诱惑

偷吃了爱的禁果

上帝要人受到痛苦的折磨

战争，疾苦，仇恨，怨郁悄悄地溜进爱的世界

三千宠爱的温柔乡

分裂变成一个个封闭的私我

第五场

诗人、情人

诗人： 我并不在乎爱的形式

我更看重情感的沟通

情人： 我注重爱的直觉

还有那深深的让人发颤的吻

诗人： 爱情最重要的是两颗心的碰撞

是两个游魂的融合

情人： 爱情就是七彩的光环

是生活的主旋律

诗人： 上帝呀 赐给我爱情吧

情人： 爱情啊 拖住我吧

不要让我过早地走进爱的坟墓

第二幕　禅

第一场
假面舞会，诗人

诗人： 一走进这个世界
就使我忘了自己
我试图走进每一个音符
想读懂这也许永远也无法读完的书
踏着每一个音符
我在寻找感觉
想抓住梦的手
把爱的温馨来诠释

苦涩的咖啡浮着两个小小的冰球
不辨面目的你我
静静地坠入温馨的梦
你不用知道我
我何用与你相熟
丑和美
真和假
恶和善

一切都得到了升华

一切都成了虚无

谁还能找到属于你我的时空?

第二场

舞场一角,一对舞伴木与婕坐在小桌边,烛光将他们的身影一晃一晃地投射在一明一暗的墙幕上,迪斯科舞曲将舞会推向高潮

木: 你可知道在远古的世界

人类是否也曾有过这样的狂热

踏着咚咚的鼓点传达情感的信念?

婕: 也许,也许从来就没有今天

没有远古?

情感的抒发是人类的自然?

不能相信没有爱还能编织这个世界?

木: 有人说情感本身不存在

情感是先哲的创建

有人说世界本无爱

爱是上帝赐予人类的苦果

他要人类永远不能安静地睡眠

啊上帝！你为什么只将爱赐给人类

而不让万物都具情怀？

让人类在这寂寞的宇宙

将爱眷恋

婕： 上帝与你同在？

先哲与你共谋？

我不知为什么男人的心里装的总不着边际

爱就是感觉，是折不断的心愁

在这个孤独的宇宙

人类因为有了爱

才不显得寂寞

当爱霞光降临

美丽的光环会将你引入天国

木： 我不知道，爱是不是就是感觉的华光

如果感觉果真是爱的触角

为什么人们总喜欢假面

而不示以真实的心扉？

为什么人们要说

婚姻是爱情的坟墓

啊，婚姻是契约，还是爱的结果？

爱情是什么？是婚姻的前奏

还是婚姻的许诺?

人们戴起假面,是为了免除婚姻的陷阱

还是在窥视欲捕的猎物?

婕: 啊,可心的人儿

你的情感被理智折磨

你难道没有看到沐浴在月光下的情侣

陶醉在爱的王国

没听到欢乐的小曲

从那幽静的密林中悄悄地溅出

还有这么多的游魂

正在寻找爱的自我

你不喜欢假面?

难道你没有看到爱可能被罪恶亵渎?

假面也许是爱最好的保护色

只有在这里爱才卸却了虚假的伪装

才得到了真情的表露

这是一个多么不可思议的结果

太多的婚姻使爱情走进了坟墓

是因为太多的人的感觉被生活锉磨

婚姻也许只是爱情的驿站

爱情从这里要走向新的旅途

第三场

舞厅，诗人

诗人： 婚姻将爱情封存在狭小的时空

生活将多少爱意腰斩

扭曲的情感使爱断了源头

柏拉图的精神至上

曾激起多少灵魂的狂热

拜金主义的狂潮又将爱推入无情的沙漠

疲惫的旅人在寻找爱的绿洲

狂热的舞步能抚却多少忧伤

自我的忘却又怎能找回失落的自我？

你是这样慷慨

赐给富有者更富有

你是这样吝啬

留给跋涉者一个虚空的许诺

你抚慰了多少痛苦的心灵

又制造了一个又一个痛苦

这一切都是爱的过失

还是过失的爱将人困惑？

第四场

舞场,木、婕

婕:啊,陌生的朋友

我们为什么要把爱情窥视得太多

理性会使感觉悄悄地溜走

让我们忘却那理智吧

只用感觉去触摸

木:啊,好心的朋友

请宽恕我将心愁向你传递

你善良的心使另一颗心不再困扰

但愿记忆凝固在岁月的朦胧

第五场

木,郊外小径,小草,树林

木:还能拾起几滴落在小草上的晚霞?

那风不知是否还在哭

那雨帘溅出的音符

可还徘徊在石椅旁?

昨夜的落叶依旧

可你不再来丈量这小径的长度

轻轻的月偷偷地透过茂密的枝叶
将思念洒向沾满露珠的小草
将记忆滴在潺潺的溪流
想呼唤蓝天与大地的亲吻
可心已不再颤动

不知为什么这样匆匆
要将挚诚的情感断送
是那风太急将你的心潮吹乱
还是你雨滴太多唯恐被大海吞没？
或许是你又找到新的航标
想去进行新的冒险探索
还是嫌我不能为你建一幢金屋？

出国潮曾使怦然心动
多少个不眠之夜
将美好憧憬无私奉献给你我
可总冲不出紧闭的囚笼
人生之路仅此一条吗？

许是你性太急要将青春紧紧抓住

你终于去了,可不是为了学业

你需要个安逸的金屋?

你说你太累了,你要寻找一个

静静的港湾,要在那里静静地靠一靠

你走了,没有回头

你要将记忆悄悄地留在风中?

啊,记忆的潮水却将我的泪眼模糊

怎么能忘一次次

不约而约的约会

第六场

妤,同第四场郊外小径

妤:(手中拿着一封信)

柳枝呀,你不要嫉妒我为什么这样快乐

月光啊,你不要笑我为什么这样娇羞

心里的小鹿就要蹦出

我怎么能抑制就要溢出的幸福

这封信我读了千百遍

也嫌读不够

(读信,幕内男声朗读,木自己朗读:

想为你摘一朵天上的彩云
又不知你是否称心
想为你奉上一勺大海的雨滴
却不知会不会打湿你的衣襟
想为你打一把遮阳的伞
又怕那阴影会引起你的抑郁

也许你就是那彩云、那雨滴
那太阳后面的影子
在这个世界里没有根基
你想拥有一切
却永远飘零

啊，不
我要召唤那温柔的风
为你牵来朝霞中的花絮
我要唱一首大海的赞歌
让雨丝将你的心润透
我要与阿波罗抗争
让灵魂永远与阳光在一起
只希望拥有

你那颗温暖而充满爱意的心

这是孤雁的呼唤
请你与他结伴同行
不要说太晚
这是颗游离的魂
在期待爱的抚慰
请你按下犹豫的心
不要，不要拒绝这颗
充满期望的心灵）

妤：啊，他是要与我结伴
走完今后的人生旅程
我怎样拒绝这充满赤诚的邀请
我怎能伤害一颗无辜的心
何况他也是我所钟爱的人
他那并不伟岸的身躯
盈贮着无穷的活力
只要看一眼就无法从他身上移走
似乎要将你吞并
又似朦胧的大海让你望不到尽头

啊，我就要得到他的爱吗？

他会不会又情有所钟？

啊，星星你在说什么？

你可能分享我此刻的幸福？

弯弯的月呀，你为什么藏藏躲躲？

你是不忍唤醒树梢上的风？

静静的溪呀，请你告诉我

我这条小舟是否应该在那个码头上停泊？

第七场

同前，木

木：我从你的家里知道你出来了很久很久

我带着不安的心情找遍了你常去的去处

终于在这里看到似乎凝固成雕塑的你

眼角上挂着两串泪珠

我在你的身后的树下站了许久

你的静思使我感到心的颤抖

我怎么禁得住溢出心中的情感

而不向你悄悄地诉说

第八场

同前，木、妤

木： 我愿是一叶小舟
载着你驶向生活的绿洲
我愿是一条清澈的小溪你是那鱼
让你在我的怀抱中静静地游来游去
我愿是云你是风
轻轻地我抚摸着你你抚摸着我
我愿是林你是鸟
在树的枝头筑起一个小小的窝
我愿是一条小路
伴着你轻柔的脚步从日出走到日落
又从日暮走到朝霞漫空

妤：（激动而忘情地欲扑向木，突然又娇羞地止步）
我……
木： 你没听到夜莺的呼唤？
没有感受到另一颗心的感召？
你的静默会使我羞愧难当
可我不能不爱你
你是我生活的希望

妤：（装作平静）

可爱的人哪，你美丽的辞藻

怎么样才能令人信服？

你驾驭的小舟会不会倾覆在水中

你的诗人的情感

会不会在黎明前就消失得无影无踪？

你那小小的溪流可容得下

情感的颠簸

云太多会引起忧愁

风太急会激起泪潮翻腾

树枝下的阴影让人捉摸不透

弯弯曲曲的小径会不会引人误入歧途

木：亲爱的人哪，我怎么样才能使你相信

我的爱的真诚

假使可以摘下天上的星星

我愿为你在天空中狂奔

假使天上的月亮可以固定在中天

我愿永远托着月亮把你的心头照亮

假使可以拖住太阳永远留在地球的这一边

我愿为你永远与阿波罗奋争

只希望你能和我一起在人生的轨迹上

留下一个美满的圆

第九场
同前，木

木：怎么能忘啊，那一夜的风风雨雨
多少个吻烫得心头焦热
温馨的情愫久久地回荡在深沉的梦呓

想念你在黄昏
如血残阳，将你从我身边夺去
那后面跟来的脚印是你的留恋
还是你的惆怅夹杂着几多不宁的音符
流溢出一串很不和谐的旋律
猛然回首
你却在火光中渐渐消失

第三幕

第一场
婕、木

婕：伤心的人哪，你不要为过去而忧郁

为爱情的年轻祈祷吧
为你们在爱情没有死亡的前夜
就分离而庆幸
你们没有被疲惫的爱缠得喘不过气
爱已凝固在青春里
没有丝毫的烦恼
让我为你们祝福吧
纯洁的爱终没有被亵渎
没有让爱情在秋风中枯去

木：真诚的爱刻骨铭心，时光怎能将它磨去
人生的脚印哪，你容不得有一念偏移
走错了一步就会受到天条的训斥
无情的岁月呀
只恨不能将你拖回生命的起始

第二场
木、妤，郊外小径，石椅

妤：你为什么要折磨这颗憔悴的心
每一次的姗姗来迟都只有一声对不起
你不知道我爱你有多深

恨不得拖住夜的呢喃

爱就是我的一切

我不能没有你

木： 我对你的爱何尝不是真情

可我还要珍惜生命的每一秒分

我的一半奉献给你

另一半留给了我的公民

并不是我无情

不能将我的一切奉献给你

是我生命的另一半

才使我知道爱怎么样才有意义

饶恕我吧，我的灵魂永远与你在一起

妤： 亲爱的人，我不是责怪你的无情

我是在提醒你记住我对你的爱心

木： 哦，不要再说了

我从你的眼睛里看到了爱的温馨

（从衣袋里取出一首饰盒，打开）伸出你的左手

让我为你戴上这戒指

它象征着我的爱像金子般纯洁

像钻石般晶莹

（半跪着为妤戴上戒指）

祝贺我吧，明天我就要获得硕士学位
这也是我献给你的另一份礼物

第三场
妤，郊外，小径，红叶

妤：金色的十月，爬满红叶的相思
南面的风吹来了新的气息
改革开放打开了尘封的大门
多想也去吸一吸这新鲜的空气
到那块陌生的土地去耕耘
可他总是说要等他手上的课题搞完
课题完成了一个又一个
职称进修出国却排不上
一次次落选，一次次竞争
只见消瘦的脸庞啊
咸菜汤饭还能使你支持几时
你那可怜的几个子儿已入不敷出
跳出这怪圈吧，走出那间拥挤的小屋
你还要我等待多久？

第四场

木、妤,小径

妤: 你说你要使我幸福
可你拿什么来证明你能做到使我幸福
拿你空洞的学问吗?而今值钱几何?
知识的贬值连你自己也成了泥菩萨过河
有多少人弃文经商成了富翁
有多少人一走他乡名利双收
爱情没有吃喝能造出幸福?
多少不幸的婚姻就因为没米入锅
改革的浪潮使人们认识了自我
贫穷的社会不是人民所求
你不愿到那浪尖上去一搏?
你的事业不是能更好地在新的浪潮中寻得成功?
啊,你太爱你自己了
自私使你顾不上我
我的希冀我的追求
你全然不顾
你只知道在那阴暗拥挤的小阁楼上
寻找你的成功
可你知道不知道,除了你

我还有其他的选择
难道我当初就不该
顶着父母的反对
私自跑到你的身边？
而今你却这般残酷

你还爱我吗
你若还爱我
就请接受我的这个请求
我们不也有一双并不愚笨的手
为什么我们要自甘受穷
这苦根你还没有受够？
为什么不抛却你的幻想去竞争
在竞争中获得成功

啊，也许是我的感觉发生了错误？
我找不到你身上有多少
男子汉的强劲刚猛
也许我们中国真的面临阴盛阳衰的悲哀？
中国的男子汉哪
你在哪里躲藏

啊，你自甘泡在酱缸里消费自我？
不，你不能，你不能抛弃我
让我们跟上那滚滚的浪潮
你不能，你不能再静默
你的静默似一把刀
在将一颗纯洁的心深深地刺伤

你这是哪一年的污垢旧迹
在你身上沾染得太多
你的心不在困扰中麻木？
你看不到一颗消沉的心在呼唤你的爱抚？
你就这样残忍地将爱带进坟墓
你忍心看到青春从我身边溜走？

木：岁月的皱纹哪，我们已承受得太多

第五场
诗人，场景同前

诗人：幸福的爱情各有各的幸福
不幸的爱会刺伤你一颗纯洁的心
人们曾企图在岁月的流逝中拖住夜的梦呓
可人类总是无法把爱与恨分离

一代代走着相似的路
总猜不透面纱后面的真情
总是在虚幻中无法自拔

第六场
木,场景同前

木: 爱使陌生人成了情人
爱也使恋人成了陌生人
多么可怕的逻辑呀
这一切谁能扭转?

第七场
木

木: 那多余的荣耀哇
我得到了你
却也因此为了你而赶走了爱情
出国房子职称加薪
这一切都随着时间推移逐渐变成了现实
可我要这一切有什么用?
爱情已离我而去

这不可饶恕的迟钝哪

你已在爱河筑起了一道心篱

出国深造，你我不是曾用岁月编织这个梦？

实现了，你已不再与我相随

你不堪忍受菜泡饭的清贫

从商热曾席卷这块贫瘠而又富有的土地

金钱梦拨动了心弦

可我，却成了无法理喻

也许你理解一个男人抛弃他梦中的事业

那会是一种怎样的痛苦？

啊，我不能，不能看到已付出的心血付诸东流

只恨太迟钝

怎么没感觉到你的心愁

第八场

木，同前，月夜

木：就要到异国他乡去探求

可送行的已不再是你

也许我们不曾做过这个梦？

可记忆呀，你为什么把我们的眼眸湿透

在这被锁闭得太久的国土
我们曾燃起搬走贫困的烈火
可总走不出刀耕火种的困境
沸腾的热血曾在这大地上淌流
醒来却是一个梦
啊,封闭使我们成了时代的弃儿
改革开放的伟大决策
打破了人们的桃源梦
可你要走多久,才能与时钟同步
更何况还有那么多小丑
要将你死死拖住
那么多罪恶的魔魂深恐你从沉睡中醒来
你的强大使敌视者发抖
恨不能将你扼杀在摇篮中
步履的艰难你一走三晃
共和国的人民哪,怎么能不为你忧患
青春的血注入了你的血管
咸菜汤饭又有何妨
今天的享用就是为了送它
进历史博物馆成为文物

人们说每一个成功者的背后

都有一个坚强的内助

可你放弃了这个卑微的称号

啊不,不是你放弃了它

而是它背叛了你

你肩上的担子太重太重

你再也输不起,你要

梳理你杂乱的心绪

疲惫的你要寻找一个舒适的港湾

有人说你贪婪安逸

说你被金钱梦迷了心窍

你只是不愿失去你自己

你不能忍受,要

找回失却的自我

塑起一个完全的你

你不愿做残云,拖住颤巍巍的夕阳

抚摸着大地

你不愿做流水,悄悄地没入大海

杳无音讯

你更不能忍受爱的冷漠

不能把一切都奉献给你

落寞的秋哇,红叶勾起的相思
你留与月儿的是喜悦,还是心愁
可你的回答总是朦胧
圣洁的爱呀,你怎么就这样脆弱
你这是感觉的华光吗?
理性会使你失却光泽?
也许并不需要借助某种肉体的结合
抑或爱仅仅是人类文化维系的锁?
将人类的情爱紧紧地锁闭在私我?
上帝呀先哲,你们难道也不清楚?
为什么你们的言辞总是那样模糊
让人走不出迷魂阵的困惑

第九场
机场,木、婕

木:尊敬的朋友,你真诚的友谊
使一颗忧伤的心伤口渐渐愈合
你的胸襟使人羞愧使我看到
另一个境界,爱的自由和幸福

哦，我怎么能让所爱的人

在情感的折磨中备受痛苦

还有将其紧紧拴住

啊，我没有这个权利

只有使所爱的人觉得幸福

这才是爱的最终奉献

是爱的至高选择

也许爱具有独立的性格

婚姻并非其必然走向的结果

相爱的人为什么一定要

从肉体上将对方占为私有

不再爱的人为何要在婚姻的

昏暗的破船中飘摇？

责任或义务

还是爱的复仇？

让人在痛苦中煎熬

啊，爱就爱得狂热吧

不爱时就将爱封存在

春天还没有结束的时节

不要让感觉在岁月中悄悄地磨灭

婕：你就要到他乡漂游

要注意四季寒暑的困扰

当你抑郁的时候，请你记住远方有

有一颗敞开的心在倾听你的心愁

木：敬爱的人哪

请你接受一个远行人的谢意

还有那将会从异国他乡传来的祝福

啊，我不会离开这片土地太久

不仅为了爱，还为了

使这块深情的土地不再贫穷

为了美丽的姑娘不再含泪出走

不能再忍受，情人们在这块土地上分手的痛苦

（木从灯光中隐去）

婕：他走了，但愿这颗心

随着那云朵与他一起高飞

啊，不

还是让它凝结在高空

化作晶莹的雪飘飘洒洒地宣告

秋的结束

（婕从灯光中隐去，木从灯光中复出）

木：这轰鸣，是你的叮咛？
悄悄叩响我紧闭的心门
那若有若无的云朵是你纤柔的身影？
它要伴随着我去远行
你是一朵孤独的云彩吗？
但愿爱永远照耀这块
古老几近干枯的泥土

第四幕

第一场
机场，妤

妤：孤独的雁在空中凄厉地飞过
落寞的秋将残云搅得七零八碎
谁，谁能追回那已消逝的岁月
那红绿灯魔幻的情节
找寻了许久，期望那熟悉的身影来到
回答我的只有那早已远去的
叩击着这空空如旧的大厅的脚步声

哦，我怎么能还要求你像从前
你强有力的手
抚慰这颗破碎的心
爱不是怜悯，我也不能接受这残酷的施舍
你没来，留下的却是美好的记忆
我不忍，不忍将分离的痛苦打碎
一个美好的希冀
愿幸福与你常相随

第二场
某宾馆顶层旋转餐厅，妤

妤：这静静的夜在想什么
窗外这斑斑点点燃烧的灯火
是在追忆那梦的温馨
还是在探寻那失落的自我
那凄厉的北风传来北方狼的啸
似乎要将这沉醉的夜叫破天晓
太阳雨的余威还在提醒没有醉酒的人
不要在深沉的夜醒得太早

这摇晃的烛光

为什么总是那样朦胧，总不肯

揭去薄薄的面纱

你是要牵来夜的呢喃

忘了那雨的笑

将泪花化作光？

那墙上晃动的影子，是你要告诉

告诉人们的忠告？

不要拒绝在生活中漂泊

那红灯绿灯闪烁溅出的音符

是在诉说你那无法弃却的爱

还是在回恋那月光曲的缠绵

沙滩上的篝火正旺，还有那把吉他

在久久地等待，可你不再回来

出国潮吹乱了我的心愁

你的淡漠使我气昏了头

要报复，离开你出走

选择了一条捷径，自以为

是爱的产物，匆匆与他乡俊哥联姻

飞到大洋彼岸做了一段美美的梦

优裕的物质生活，还有那狂热的性爱
幸福似乎来到了家门口
紧紧地抓住，尽情坠入爱河

小时候读《红楼梦》
女儿泪总不断地流
爱情的悲剧上苍早已定夺？
总以为金屋藏娇只是老戏票的癫狂
却不知自我进了笼中
记不清那一晚是怎么奔出那屋
凝固的空气似乎要将我的愤慨喷出
心中在询问上帝，此时为何悄悄溜走
尖刺的飞车声似乎要把夜空划破
我再次获得自由？
可怕的自由，把我推向了绝路
多希望，多希望有你在我身边
让我静静地靠在，你那
坚实的胸膛默默地哭
啊，梦终归要破
总是那条小径不再属于你我

第三场

异国他乡，木

木：我寻找了许久，却没找到她的下落
是要避开我的追寻，还是要全身心地
沉浸在幸福之中
你可找到你的幸福，重新
找回了自我？
这优裕的物质环境使你知足？
感情的淡漠还是铜臭味太多？
除了金钱你可还有什么寻求
红绿灯牵出的彩带编织着一个个梦
不眠的夜也吞没了几多心愁
阴影中的游魂将假面揭开
几声凄惨的呼救声
轻轻划破这欢乐的夜空
老子的玄学，你几时在这里找到了归宿？
情感的游戏，还是情欲的宣泄？
只爱一夜就走，到远古去寻找梦的生活
是物质财富还不够，还是还没有找到爱的自由？
迷幻中你悄悄地筑起一道帷幕
只有在假面中才能找到失落的自我

全能的造物主哇，你为什么使人的情感

这样脆弱，真的只有

和假面才能友好相处

这里的月儿许是比故乡的更圆？

为什么牵动那么多激荡的心

在这里苦苦地寻求

是太阳更偏爱这块富饶的土地

还是文化的忽悠禁锢了我同胞的心胸？

鄙视的目光使游子小小的心脏铅重

故土的芬芳在轻轻呼唤，归去来兮

沉睡的雄狮要吼

谁不想在金屋中尽情地享受？

可我还是更想回家造一幢温馨的泥土屋

还有那萦绕的情愁落向故土的归宿

只是你不能同我一起回归故里

愿那朵彩云载去我的祝福

第四场

国内机场，木从国外回来，婕来接机，巧遇妤要离开再去异国。妤在入口处看到婕，远远止步。

妤：他从国外学成回来了

（旁白）可接他的不再是我

他身旁的那位美丽的姑娘

是他的朋友，还是他的未婚妻？

久别重逢的欢乐，使他们忘了场合

哦，爱得到众人的谅解

不要惊扰幸福的情人

否则会受到上帝的谴责

只是场景怎么不叫人悲凉

原有的这一切本应由我来分享

伤心的泪呀，只有轻轻地往肚子里流淌

只是我抛弃了这一切要去寻找

我那件梦的衣裳

真想找回逝去的岁月呀

可我怎么能刺伤另一颗无辜的心

在他重创过的情感伤口上增添新的创伤

还是静静地离开吧，用岁月成就

去抚摸不安的灵魂，将爱静静地留在

那曲曲弯弯的小径，封存在美好的记忆

嫉妒之焰平息吧，不要让它烧焦了

一段美好的情感，看到他幸福地生活

就是你最大的心愿，但愿她不会像我

抛弃这幸福时光去寻找虚幻的梦境

将真挚的爱紧紧握住

（妤转身欲离去，这时，木与婕同时发现了妤，一同向妤走去）

木：妤，等等

你难道已不认识我？

你要离我而去，你要在我心上再刺一刀？

是的，我的爱不足以把你拴住

可友情你也要抛弃？

在异国他乡我找到你住的地方

可终没能寻见你的芳迹，失望的我

平添了多少忧伤

我以为那是上帝对我的惩罚

要我在凛冽的风雨中静思我的过失

要我爱就爱得坚定，爱得执着

我不敢再企望能得到你的垂青

我只是想让友情洗去感伤

可如今，你我似乎成了陌生人

你见了我还要绕个弯，难道你就这样无情

要将友情也一同埋葬，不留给我一点

思念的情感？

妤：木（看看木身后的婕，欲言又止）

婕：木，请你不要这样去伤害一颗无辜的心

我猜你就是妤？请接受一个朋友对你的问候

还有我那诚挚的祝福

婕：哦，你大概是木的朋友

谢谢你的好心肠

你纯洁的心灵，使另一颗受伤的灵魂得到了抚慰

愿你比我更珍惜幸福的时光

再见吧，我就要出走他乡

木：你还要走吗？生活幸福吗？

哦，我怎么会问出这么愚蠢的话

可你脸上忧郁，让我心里不安

是什么痛苦的事使你忧伤？

是我刚才的责备刺伤了你的心

还是情感的失落打翻了你心中的夙愿？

哦，对不起

请你原谅我的冒昧

我无意要你回答

只希望你接受一颗诚挚的心的

默默的祝福，愿幸福永远与你相伴

妤：（痛苦地，旁白）

是他，那颗善良的心还在将友情抒发

他还在关切我的生活

他应该责问，可我无法回答

不，我不能将痛苦重新加在他身上

让它深深地埋在心底吧

只让我一个人留在地狱的大门口徘徊

（强忍痛苦地面向木、婕）

尊敬的朋友，你诚挚的友谊

已经抚慰了我天之命的忧伤

见到你寻到了幸福，我不安的灵魂

得到了安慰，忏悔的心绪得到了梳洗

望你不要再让那颗脆弱的心

裸露在风雨中失去依靠

在幽静的小径上，独自忧伤

不用担心，在异国他乡我会寻到

失落的我，我已找到新的航向

三载五载，或许你将受到

另一个强有力的挑战

或许那就是我的回答

啊，再见了

愿幸福与你同在

（挥手告别，好从一旁下）

第五场

同前，木、婕

婕：（旁白）

她走了，带走的是忧郁和另一颗失落的心

原本是她应该得到幸福

上苍却把它赐给了我

我得到幸福了吗？不知道

不知道他那颗游离的心还能不能再回首

（面向木）

木，你应该将她留下

难道你忘了，你们曾经相爱

她现在需要爱的抚慰

啊，请不要想到我

只要你幸福

我的心会在慰藉中向你默默祝福

去吧，去向她说你至今还爱她

你们应该开始新的生活

木：婕，你是气我

还是你嫉妒的火焰

使你失去了理智

消逝的爱还能找回？

怜悯不是爱，她不需要

我也没有

是你，在我失意的痛苦中悄然来到我身边

从你的抚慰中我重新塑起了自我

难道你也要离开我？

你还要我这颗游魂去颠簸？

啊，你的脸色为什么会这样苍白？

难道你不肯原谅一颗忏悔的心？

不能接受他向你提出的请求？

请你，请你与这颗失落的心相伴

不要说，不要再说你要弃他而去

啊婕，你可答应我？

婕：（旁白）

也许是梦得太长？

当醉人的歌声飘来的时候

却要把心扉闭上

也许是期望得太多?

当要有所获时

却要问问是否真的有珍藏

也许还有父辈的遗憾?

希望上帝赐给一个

完美无缺的"雕像"

也许那不是梦?

那是一颗颤动的心

在默默地将爱诉说

也许那不是奢望?

那是一滴晶莹的水

在为一颗滚烫的心抚伤

也许那不是无端的幻想?

那是一颗充满活力的心

对另一颗心的呼唤

哦不,不要这多的"也许"

也不要太多的梦,太多的幻想

木: 也许这里没有大海

无以将你载向理想的彼岸

也许这里没有太阳

带给你搏击的力量

也许这闪闪发光物

并没有黄金的资质

无法将你装饰得更娇美荣华

如果春天没有把这一切都给你

那就毫不犹豫地将它送葬

只是不要站在大海边彷徨

面对大海

就鼓起冒险家的风帆

当太阳升起

就勇敢地奔向太阳神的胸怀

当你捡起了金砂矿

就用你温柔的手将它

揉搓成美丽的金环

不要,不要让嫉妒蒙住了你的眼

让青春从你身边悄悄溜走

(深情地向婕)

亲爱的人哪,你可听到我的呼唤

我的心失却了就不再寻找

婕：（娇羞地低下头）

木，我（欲言又止）

木：啊，你答应我了？

啊，幸福之光降临

让我们紧紧地把它抓住

婕：（惊醒般）

啊，不（犹豫地）

第六场

郊外小径，妤，月夜

妤：河对岸那一盏盏红红绿绿的灯火

牵出了一个个梦

沙滩上那一对对依偎在一起的身影

映在欢乐的水中

纤柔的柳枝搅动那一江沉醉的水

用碎银编织了一江的恋情

那金色的沙滩上

留着两颗小贝星

那是你我相恋的精灵

在银色的月光下私语

在那绿色的原野上

你我寻找着那梦中的幻境

鲜花和绿草倾吐着芳香

成群的小蜜蜂在采集着爱的蜜汁

你我也变成了蝴蝶

挥翅在梦幻般的世界里

河边那不住的雨

溅落密密的枝叶

打湿七彩的雨亭

惊醒了酣睡的花魂

那细细的语丝

遗落在水中依恋着栏杆石椅

痴醉的雨滴

畅流在欢悦的溪里

而今这一切又在哪里

我寻找着黎明

而黎明一晃就离我而去

我寻找着绿草

而绿草顷刻就变成灰烬

昨天的雨化作露珠深深地渗入泥土里

那雨帘的思恋萦绕在这曲曲弯弯的小径

曾希望筑起一个小巢

在你的身旁度过春夏秋冬

学柳叶只青一朝

曾期望在小巢中度过长夜

把孤独和寂寞抛向一旁

沐浴在月光下学燕雀噪噪

为什么如今这一切都已离你我而去

是爱得不够，还是爱得太过煎熬

疲惫的你我不堪忍受已分离的情感

远去了，怎还能找回？

苦涩的思恋哪，请你随着那轻柔的风飘飞

落叶呀，请你不要为我哭泣

我愿随你在那秋风的簇拥下回归泥土

追回逝去的岁月重新将爱塑起

别了，我的故土

别了，我的恋情

第五幕

第一场
婕，小径

婕： 愚钝是幸福的
它使人陶醉在现有的满足之中
思辨是痛苦的
它使人陷入那深深的
令人不安的幻觉中不可自拔
理想是对现实的永远的不满
是人类苦难的一个根由
也许，是在生活中寻找得太久？
那伤痛至今还留在心中
那帆影已模糊，可那潮汐的回声
却久久地回荡在夜空

那是他在大洋彼岸的欢笑
还是他在痛苦中呻吟？
只是已把誓言抛却
记忆已唤不醒岁月的心愁

啊爱，你是风

今儿在西明儿在东

你是雨，一会儿轻声细语

一会儿狂暴怒吼

爱，是的

你是人类自我的麻醉剂

是人类自卫的以免于遭受毁灭的武器

你是生活的佐餐

是寂寞孤独无聊的消费品

是人生的润滑剂

是情人华丽的伪装

可你，也有一把无情的剑

在情人的心上任意宰割

那流淌的血汇成了一条长长的河流

你曾经是皇宫里的摆设

是权力、财产的附庸

那贞操的牌坊使你低下了头

你塑造了无数英雄

也使战争惊醒了美丽的梦

当人们寻找自我

你不肯做附庸

可你是否真的找到了自我?

为什么别离还是那样多

人们曾企图用婚姻将你紧紧地锁住

可你奏出一串串不安的音符

婚姻的解体曾使囚禁在生活中的爱求得解脱

可也使多少幽灵在生活的折磨中痛苦地

走进坟墓

游戏庄重,你的假面太多

分不清,分不清真实的你我

啊,上帝

请示意我该怎样去迎接

那迟迟来临的幸福

哦,那是属于我的幸福吗?

木:(木从一侧上,独白)

今夜的月光是多么明朗

深蓝的夜空镶嵌着一颗颗珍珠

可我没有心情欣赏

纵然美色宜人又与我何干

你赐给我的只能是忧伤

(发现婕,走过去)

啊婕,那轻轻的微风可吹皱你的心愁

你的脸色为什么这样忧郁

请你给我一个机会

让我也分担一些你的愁忧

生活应该欢悦,不要

让心绪辜负了这美好的时光

要不夜莺也会哭

婕:(一旁独白)

他的出现,搅得我心里七零八落

离开他,还是接受他的爱意

惆怅的云罩在了心头

(犹豫地转向木)

我想捡起月儿落在草上的流光

可风叫我停一停

它要用露珠轻轻地将月光珍藏

我想抹去一段记忆

可柳枝儿轻轻地把我责问

岁月怎么能随意抹掉

我问天上的云

可否将我载向云天

可云久久地不肯吭声

我问溪中的鱼

我可否投入那大海的怀抱

可鱼儿只知道摇头摆尾

并不关心潮汐

都说女性的感觉最准确

可我不知道感觉会把我引向什么地方

感觉的触角似乎在岁月中渐渐磨损

我不知道该继续航行还是停泊在那港湾

啊，不要问我为什么

我要静静地在这里停一停

寻找我那失落的自我

（木欲言又止，默默地一旁退下）

他走了吗，他是在失落中寻找爱的抚慰

还是他已将爱忘却

或仅仅是在寻找一个生活的避风港

他的爱还是

像春那样明媚

像夏那样狂躁

像秋那样成熟

像冬那样庄重

像雪那样多姿

像水那样柔情

像冰那样晶莹

像朝霞那样蓬勃

像阳光那样温暖

像大海那样深沉

莎士比亚曾说

被摧毁的爱一旦重新建好

就比原来更宏伟更美,更顽强

啊,我正在重新建起爱的小屋?

我要在那小屋中度过春夏秋冬?

历尽艰辛的人,太怕雨滴将衣襟湿透

心再也经不起那风霜的冷落

也许,也许还是应该将爱悄悄藏起

第二场

假面舞会,木

木:狂热的鼓点挪动着人们的脚步

斑斓的光揉着音节飞旋

朦胧的烛光亮着一双痴醉的眼
可总看不清各自的脸
哦，假面，假面舞会
人们总是为了寻找快乐
还是为了忘却苦涩的梦
要在奔放的音符中寻找感觉
可谁能在假面中
能真正找到自我？
感觉的华光常常将自我欺骗
总以为找到了，抓住了感觉
却分不清是友谊还是爱情
是甜蜜还是苦涩
人在痛苦中更需要爱的抚慰
可谁能说没有乞求爱的怜悯？
啊，分不清的情感
揉搓着一团苦辣酸甜

困扰的雨在窗外不停地下
雨雾中想寻找小道上的脚印
还有伴随着你远去的小雨伞
可落叶已将脚印深深地埋葬

那远行的圆点

朦胧地溅出了一朵朵水花

它消失了，消失在无心的眼眶

柏拉图说，为着品德去眷恋一个情人

总是件很美的事

可只为品德的眷恋，其味太平

没有爱，生活哪里有甜蜜的源泉

卢梭说，真正的爱情的结合

是一切结合中最纯洁的

或许，真诚的爱，并非一定意味着肉体的结合？

啊，逻辑的矛盾，矛盾的逻辑

也许爱情就是没有逻辑的华光

啊，爱情

我曾经爱过吗？

我还能找回爱的感觉

抓住那温暖的手心了吗？

这痛苦的爱情啊

你使人神伤

第三场

小径，雨夜，婕

婕： 静谧的夜在静听雨滴的诉说

那是情人凄切的泪

还是在回恋那叙述不尽的缠绵

小径上的脚印被雨水轻轻地抹去

是要抹去一段记忆

还是要重新注入一段印记

让新绿溅满春的回恋

啊，也许爱不仅仅只拥有一个春天

（木从一侧上）

木： 啊，婕

你为什么孤独一人徘徊在这湿漉漉的小径

这轻柔的雨可洗去了你的忧郁？

如果那雨帘打湿了你的衣襟

请不要轻轻地将它拧弃

那是千万个思恋编织的相思

如果那清风将你的心潮吹乱

请不要把你的心扉关闭

那是一颗赤诚的心对另一颗心的呼唤

请你与他结伴同行

不要说路太远，只要爱得真诚

不要说雨太多，只要快乐与你同行

过去，过去的一切就让它

永远封存在过去的岁月里吧

我们怎么能让过去淹没了今天

失却了明天的憧憬

婕：哦是的，我在孤独中寻觅

在寂寞中寻找爱的晨曦

有人说孤独是男人的世界

男人在孤独中找到人生的真谛

寂寞是女人的专利

女人在寂寞中寻找爱的归宿

啊不，女人也要有孤独

在孤独中将爱情细细地品味

将爱的风裳一件件审视

爱，并不完全是共鸣

太多的碰撞会使爱情太累太疲惫

孤独会使我懂得爱情

在什么时候碰撞，在什么时候分离

分离使得爱情的佳酿更醇厚

孤独的沉思使我明白

昨天，昨天的雨终究已经过去

怎么能让雨雾久久地罩住心愁

哦，是的，怎么能丢弃今天

今天的月色雨后会更透明

不要问，不要问明天我是否还与你相随

还是让我们抓住今天吧

不再让感觉悄悄从身边溜去

哦，不只是感觉，兴许

还有更多，更多的兴许

（本剧本创作于1987-1988年间，2020年06月录入整理）

绝 句

半 仙

灵山脚下苦樵夫，
顽石空林独自孤。
听雨飞珠迷壑谷，
向风修得半仙符。

花 镜

流光酒色非为醉，
透骨陈香梦蝶飞。
茅屋无娇愁自对，
镜花虚幻惹芳菲。

九 仙 湖

思凡众女下人间，
掩隐迷踪戏闹闲。
一线吊桥穿涧过，
湖光幽影梦虚还。

桃花秋色

寒暖西风不见影,
桃花二度上梢枝。
羞珠凝露空虚对,
满树疏黄独伴痴。

玉 兰 红

寒风吹皱玉兰红,
微颤柔姿雾露朦。
树下何来声语细,
枝头飞过鹊迷蒙。

昨 日 花

未惊虚掩艳,
拂晓落泥乡。
不与争魁首,
花残暗自香。

白玉兰

满笼又见冰肌雪,
玉立枝头笑众生。
何竞百花来屈就,
素心不掷漫梢倾。

尘 埃

落幕尘埃血玉悲,
轮回何处断肠饥。
红山陶罐醇香酿,
铜鼓蓝媒六舞[①]迟。

蒙古包

牛羊千里迷芳草,
鹰隼寻旗觅旧巢。
野狼长嚎风吼夜,
不时惊月拂毡包。

[①]六舞:六种乐舞。谓黄帝之《云门》、尧之《咸池》、舜之《大韶》、禹之《大夏》、汤之《大濩》、武王之《大武》。

蒙古战袍

战旗篝火鸣金鼓,
厮杀蹄飘半古书。
渐落尘封袍上挂,
空思剑客梦惊虚。

湮 灭

初时牛犊质疑喧,
末了羞师折戟翻。
灰烬几多狂一日,
三千陨落坠魂冤。

布 什 恨

幕僚未见盈珠泪,
失色伤神暗自憎。
倾落双星惊宙宇,
飞鹰剑举斩拉登。

老 火 锅

红油慢火九宫浮，
水沸汤清下庶馐。
麻辣料香珠暗透，
腾翻五味汗不休。

雾锁山城

几根铁索飞江渡，
雾锁嘉陵掩影踪。
九曲绕环云顶近，
闻声烟隐一山封。

峨眉金顶

雄踞巍峨万佛真，
深涯险峻道场身。
有缘点悟修僧圣，
不语菩提几世轮。

金顶云海

九天三界地,
向圣隐云端。
照佛光常在,
尘烟可遇缘。

少陵草堂

小鱼欢戏白莲疏,
燕雀叽喳笑闹余。
冷竹茅棚风听雨,
漏檐滴破独孤居。

宽窄巷子

窄忍与人天自阔,
宽仁贤德两从容。
街坊候问邻家好,
远薄疏亲近可逢。

嫁裳

侬为嫁衣谁与赏，
千针绣进惹心伤。
三更已过情痴诉，
夙愿空飞瞬霎苍。

廿八都兵营

鸡立鸣三省，
仙霞独岭盘。
兵刀居廿八，
寇贼胆惊寒。

金色海岸

层叠波涛涌，
飞花向浪横。
轰鸣声震耳，
瞬息镜沙平。

悉尼变奏

日落归帆隐，
迷痴贝影狂。
琴音天籁漾，
梦翼自翱翔。

寻　梦

陈梦依稀已远离，
灯蒙旧事忆还迟。
香醇酒烈都无味，
未拨琴音独自悲。

禅　定

喧嚣尘世镜虚沉，
禅定空无淡漠深。
身外何求缘慧果，
香泥落叶且收心。

对　镜

对镜愁相视，
回身泪暗流。
此情何以裹，
不忍负心惆。

苏 州 谣

粉墙倒映浣纱多，
石拱桥飞唱晚歌。
水畔人家无小调，
寒山暮鼓落苏河。

雨中桃花

凝露桃花蕾，
柔娇泪滴时。
纷飞飘艳萼，
泥润酿情痴。

桃 花 泪

叶绿摧花蕊，
遗枝挂满痕。
难嫌疏萼半，
露湿掩孤魂。

倩 妆

鬓云裳锦绣，
羞涩问郎君。
飘柳收腰细，
矜妆淡馥芬。

心 舞

碎入玉冰壶，
迷痴醉未扶。
念还重与煮，
何怕镜中煳。

驴肝肺

悬崖坠挂驴肝肺[①]，
水沫飞舟忆万年。
暮雨朝云虚掩面，
巫山望断浪飞天。

错 伤

疑错把心伤，
何时抚涧芳。
谷溪漂露恨，
茅屋拨弦苍。

柳 词

一世何三变，
飞歌吊柳痴。
井深吟慢曲，
婉约照清词。

[①]驴肝肺，三峡峭壁上奇景。

酒（一）

酒壶谁滴漏，
欲喝斗千觞。
醉入云霞里，
随仙枕鹊梁。

元　旦

寒冷惺忪眼，
朝曦已旦晨。
风拂催人起，
日沐岁元新。

跨年垂钓

一夜胜更年，
垂钩夜黑天。
瑶池疑倒泻，
银汉落渊烟。

秋 锁

秋锁寒宫藏皓月,
西风凉径念婵圆。
思沉湖底生愁怨,
泛起涟漪漾细烟。

花 藏

有情明月照寒塘,
已没花残蕴暗香。
艳落难留空径白,
幽魂寻踏树梢霜。

尘 红

抛却尘红虚幻境,
飞花藏处自闲香。
月残拂落枝头叶,
星满空繁树上霜。

作 古

柳丝银发鬓,
月冷故人亲。
今阙新成古,
谁疑笑靥真。

残 红

残枝叶点红,
倒映满天枫。
勾月兑沽酒,
醇香醉老翁。

问 咸

小菜尝咸淡,
趋前食碟倾。
问亲旁侧顾,
闻赞细声轻。

邻家搬家

灯笼檐下挂，
醇酒待乡亲。
鸡鸭薪柴灶，
划拳斗醉浑。

红楼晚唱

虚空缥缈几经年，
误读人痴梦近前。
晚唱怡红曾了去，
潇湘细雨续淋涟。

酒　樽

金樽对酒频，
风雨夜归人。
梦里桃花面，
闻啼破晓晨。

松 风

风细梢姿静，
如酣醉梦浓。
急狂枝摆尾，
呼啸拂涛汹。

梧 枫 竞

干枝飞十丈，
念竞比峰潮。
争得三分出，
冲天向九霄。

春 梦

醒来春梦碎，
残夜困无眠。
晨晓飞花露，
愁肠不自怜。

春 江 泪

春江潮露流千里,
波涌声涛拍岸惊。
天际孤帆霞照影,
雁飞尘外碧空晴。

酒（二）

金樽藏四海,
醉醒八方仙。
隐去三更静,
牵来一片天。

残 酒

金樽频举千杯少,
风冷银屏夜月寒。
看尽落花流水去,
斜阳暮照近余欢。

推 酒

把盏寻知己，
何须劝玉杯。
浅沾唇滴露，
深醉已神回。

夜 垂

欲钓江中月，
嫦娥掩笑妍。
九霄轻拨雾，
又恐破云天。

春 香

鱼跃追飞浪，
莺鸣忆梦乡。
翠枝尖角露，
尘落有余香。

莫 愁

红萼倾飞泪暗流，
繁华落尽说闲休。
相思未比痴心意，
装点庭深听雨收。

春 分（一）

春妆五色分，
雷雨半空闻。
蝶湿香风满，
蜂痴醉馥芬。

天 香

篁岭花姿乱，
层梯晒金黄。
漫流飞去远，
飘荡入云乡。

春　风

送香馨自在，
魅影舞柔姿。
细柳扶烟醉，
风花蝶梦痴。

梦　垂

一掷梦惊吹，
鱼沉暗自悲。
黄昏谁闹醉，
掩月把钩垂。

茶

缠绕舌尖芳，
清心骨透凉。
瘾君沽酒伴，
更对一杯香。

尘 埃

古幽虚境踏烟来,
坠入凡尘遂自哀。
窃笑降珠枉落泪,
尽抛甘露费疑猜。

隐

执意隐云崖,
孤驰觅剑痴。
春波凡念拂,
秋叶问闲思。

清 明（一）

昔日清明雨,
今朝破晓晴。
前人栽树苦,
后辈庇凉荫。

闲 梦

风雅桃花畔,
诗仙借酒酣。
踏歌思故旧,
痴意满深潭。

残 花

狂泄潮云雨,
流溪梦落魂。
倾情珠露坠,
艳减暗惊喧。

诗 化

随迎蝶舞飞,
寻觅道儿归。
追逐三千里,
庄周化诡晖。

锁

溪涧泛兰舟,
风随醉意流。
疑云重上九,
无意锁春秋。

花　序

十二花时艳,
牵来妩媚娇。
寒梅香自暗,
国色牡丹妖。

问　君

盖头掀未起,
把手问郎君。
猜妾妆浓淡,
时宜配嫁裙。

落 叶

枝悴凄清月，
枯红落满珠。
痴情梢半挂，
幽影倚风扶。

云 裳

天边白鹭风飞去，
暗拂云裳梦袖香。
润玉绿珠芳草外，
尘霄深处靥星藏。

夏 至

侧听雨阵柳丝嗔，
狂草横飞翠绿频。
烟漫延绵山影动，
蝉鸣幽处洗风尘。

嗅

一屋西施艳,
风吹两扇门。
笑知谁褥子,
湿透泛黄痕。

柴 苑

晚暮云遮月,
庭前馥暗馨。
层楼淹叠翠,
园外果蔬青。

鹤 去

江城黄鹤去,
笔墨落无辞。
谁待如期信,
空闻别雁痴。

风 铃

柳垂风未动，
鹂鸟闭声栖。
灯影阑珊处，
低吟浅唱凄。

夏 雨

欲哭泪先抛，
尘云卷瀑咆。
远空蓝碧漏，
怒火霎时咆。

绝 尘

雨肆垂空暮，
孤亭雅瑟鸣。
笼中痴鸟去，
未道返回程。

秋 暴

秋水千波飞浪细,
相思红叶月凄清。
辞荷骤雨邀风醉,
直落云天破晓晴。

西塘咖啡小屋

小屋门前闲溜客,
残阳水墨掩风流。
咖啡香溢归乡梦,
美酒醇酣一醉收。

玉龙雪山

玉龙轻振翅,
寒彻九云霄。
困睡余千载,
烟岚雾掩骁。

秋 落

风轻垂落叶,
夜黑伴魂孤。
残月虚天际,
菩提树下枯。

飞 花

风轻花露落,
孤独问谁怜。
天际遗香处,
闲愁梦又眠。

惊 燕

梦醒时惊燕,
离分独暗伤。
伴灯晨欲晓,
愁断结悲怆。

瀑 雨

裹挟雷霆怒，
天穹泼雨倾。
疑谁顽劣恨，
哭破九霄惊。

木 屋 谣

斜山尖矗立，
瀑雨泻龙溪。
向远幽烟影，
随风半醉迷。

滴水禅修

漫滴珠帘雨，
菩提树下清。
满湖禅语吔，
痴恋水柔情。

情 殇

豆蔻漫花扬,
华年少未狂。
冤家婚借闹,
夜半泣情殇。

荷 香

十里荷池花不断,
风骚昔日酌清塘。
绿波无语闻声笑,
惊落村姑粉艳妆。

望 镇 江

一坛香醋酿,
凄苦入西江。
残月催晨晓,
辛酸浸满缸。

过 江 阴

雾漫江阴锁,
涛声掩悼悲。
狂痴思岸炮,
沉舰梦班师。

二 人 转

都笑莲花落,
风轻自放狂。
赋骚酬唱浅,
俗雅客随扬。

太阳岛上

细声叶下思相聚,
红绿帐篷且作轩。
脚踏飞轮环岛骋,
松花江畔晒秋喧。

黑土情长

烟袅花翎绕顶冠，
暖流锦炕御冬寒。
橙黄瑞穗归仓满，
素裹裘装垫宝鞍。

帅 府 憾

庭前乱石狂，
半壁弄权殇。
风雨满洲去，
留遗九断肠。

黑土记忆

帅营不抵凶残寇，
大小兴安御敌氛。
长白山峰刀劈刺，
松花浪涌忆奇勋。

处　暑

几分炎暑思谋面，
飘翠飞花似闹蝉。
菡萏粉腮朱染点，
清香独自向云天。

曙　色

一抹云山顶，
红霞落满天。
玉珠空碧漫，
飞渡九霄巅。

三清奇景

巨蟒沉深谷，
迷痴望女神。
三清藏绝景，
造化醉奇嶙。

遐 思

夜半禅思道，
香寻梦里闲。
清风柴屋静，
听雨落针间。

醉（一）

一醒花痴海，
相思拍岸寻。
岂知风浪急，
湿透弄潮心。

七 夕

七巧难痴女，
牛郎不肯耕。
鹊桥飞渡急，
愁别泪流横。

酒　窝

一笑羞千媚，
矜藏醉靥痴。
嫣香沉玉脂，
魅影漾莲池。

初　见

愁怕重逢少，
云裳入梦痴。
魂牵初见语，
念约漫遐思。

白　塔

幽欢余白塔，
故旧掩空虚。
水阔云思梦，
瀛台一叶疏。

秋 雨

梦中听雨滴，
风扫树梢声。
黄叶扬飞絮，
寒蝉噤舌鸣。

残 梦

红豆相思累，
珠飞瀑雨倾。
秋残深梦呓，
粉黛卸妆惊。

倩 影

薄翼花飞靥，
冰肌萼玉姿。
风荷声细语，
羞媚蝶蜂痴。

刹什遗梦

沉浮遗刹什，
官宦玉珠收。
相对门当里，
娇羞大盖头。

悼 岳 丈

细脉沉深底，
无常闹几更。
游丝尘落坠，
日暮忘归程。

欢 颜

煮酒作欢颜，
金樽斗玉环。
银河残月落，
拂晓醉声还。

忆

当年豪气已无存,
犹记清觞对茗言。
媚态羞姿方艳丽,
桃花十里掩香魂。

秋　分

日暮斜阳去,
秋黄觅落英。
相思酣酒醉,
飞叶忆衷情。

愁（一）

日暮满心愁,
孤帆影远游。
禅思寻释意,
残月晓晨收。

秋　寒

一壶秋雨醉，
几片叶飞黄。
残月寒蝉苦，
沾襟露湿凉。

心　碎

未把心揉碎，
痴狂酒已残。
三千尘满地，
何故恨天寒。

西湖秋雨

烟雨江南梦，
相思柳岸青。
飞桥天际处，
寻觅桂香馨。

结 庐

——观画家黎明山水画

泼墨妆浓淡相宜,
峰峦露尽未见篱。
茅庐欲结云霄上,
坠入幽芳觅子期。

冰 心

冰心酒煮痴,
一叶露珠知。
紫玉壶悲切,
金樽醉梦迟。

南 豆

红豆最相思,
随风觅约期。
寻回南国梦,
痴归挂满枝。

红楼残梦

飞来哭五更,
虚境泪思倾。
顽石终归寂,
还珠草木情。

争　艳

群芳争竞艳,
玉坠半空星。
罗绮悬丝绣,
香藏袖暗馨。

问　月

斜暮牵金镜,
秦时夜月明。
未知千载后,
能否照归程。

邀 月

对影邀仲月,
承欢把酒闲。
飞花迎远客,
玉液闹娇颜。

赏 月

云裳掩玉宫,
露沐念飞鸿。
欲伴鲲鹏去,
婵娟万里同。

送 月

烟袅迎明月,
琼浆送客骚。
茗香飘玉露,
一醒别寒桃。

荷 花

菡萏羞颜隐绿藏,
抽丝轻挽玉沉香。
清风拂去尘思荡,
雾罩云纱淡抹妆。

碎 心

昨夜桃花垂紫翠,
纷飞萼瓣泪珠倾。
潮思弄湿寸心碎,
泥馥香收坠落英。

秋 寒

秋风吹皱一池翠,
十里荷花泪籁飞。
湿透心痴愁易老,
夜深残月送寒归。

风 吹

风吹一半停，
梦碎醉酣醒。
难恨沉香没，
残眠夜雨听。

别

不霁桃花雨，
纷飞泪自倾。
断肠揉玉碎，
香袅别魂英。

人间天上

飞丝柳出墙，
绿水拂娇黄。
云阁幽宫远，
轻烟化梦藏。

枫 林 晚

满谷枫林绿，
稀疏偶见黄。
夕阳斜照晚，
云碧抹秋妆。

木 芙 蓉

芙蓉青绿点，
独自抹妆浓。
静处孤芳赏，
藏秋又梦逢。

闻 香

青绿伴红黄，
咸甜味蕾香。
慰馋游子远，
归念忆回肠。

桃 源

一觉三千载,
山中几日眠。
桃源罗帐里,
沧海易桑田。

桂 香

金栗挂梢枝,
闻香叶底痴。
寒宫酣酒醉,
对影惹相思。

迎 宾

美酒迎宾客,
藏珍品玉华。
花繁期共赏,
十里漫馨香。

裸 穷

书生一介穷，
四壁木围空。
茅屋天飘雨，
飞檐怕漏风。

梦 醒

十年吃梦清风醒，
更待痴心付倩魂。
错失知期春不再，
如初酣醉对金樽。

禅 香

佛声场里何分等，
莫为荷包贵点灯。
不问三香灰烬去，
禅修释语梵音升。

武陵游梦

武陵寻梦影,
无处觅仙居。
烟霭空幽远,
缘来独悟时。

追　梦

曾记梦随风,
追寻倩影匆。
回眸倾一笑,
未醉觉来空。

浅　醉

秋凉催月醉,
窗漏照无眠。
孤影轻揉碎,
倾寒不夜天。

笑　颜

繁花又竞香,
淡彩补腮妆。
幻梦酣难醒,
羞颜醉艳芳。

蝶　迷

叶底寻芳梦,
馨香暗自归。
秋凉斜月坠,
迷醉露珠飞。

悟

满眼似诗情,
穹天泪雨倾。
凡尘沉欲海,
混沌自空明。

梦

醉生痴入梦,
幽影艳羞藏。
风冷飞残月,
凄清冻露霜。

浇 愁

醉伴垂残月,
鸡鸣过五更。
贪馋杯影对,
浇酒掩愁横。

梢 俏

娇艳误攀梢树俏,
斜阳照晚暮秋萧。
流光泛影风寒漏,
酒煮闻香落木飘。

私 语

满谷枫林渐落黄,
龙吟笛彻付斜阳。
风摇叶底呢喃语,
羞煞啼莺影隐藏。

登 高

眺远泥丸小,
离天咫尺竿。
刘郎寻故地,
怕入桂宫寒。

千 杯 饮

乐自千杯饮,
佳肴乘绮筵。
指芊斟酒满,
离远恋华年。

春　怨

落尽魂英春怨去，
愁游旧故惹芳心。
千丝万缕堪惊醒，
不待流年泪雨霖。

相 思 煮

错把相思豆，
冰寒梦里羞。
寸肠云沸煮，
泪滴雨丝收。

瀑

一泻三千尺，
银河落九州。
谪仙珠玉露，
泼墨洗清秋。

洞庭秋晓

鳞波霞照浪,
晨晓醉烟汀。
八百云天外,
千寻梦画屏。

春　雨

疑是银河漏,
珠垂玉露流。
春声惊艳醒,
十里醉桃羞。

黄　泉

黄泉飘四九,
黑白更无常。
切莫回头望,
行程短又长。

2017.11.04岳父七七忌日祭

三清神韵

三清飘幻境,
疑是醉仙迷。
咫尺离天近,
何如化羽西。

双11

剁手未知期,
挥刀切莫迟。
情痴飞泪悔,
尤物惹思悲。

谋　道

未约道相同,
孤思独自忡。
忆遗年岁里,
旧故觅情衷。

寒 沐

江南秋雨峭，
夜黑卷风凉。
孤叶垂芳尽，
余香暗自藏。

愁 负

书生无以报，
遗落几言骚。
谁把芳心付，
愁肠怕并刀。

马 家 柚

马家柚子黄，
水滴玉红囊。
馋嘴招人念，
金兰结异香。

回 眸

回眸一笑萦,
媚妩梦倾城。
抛尽千秋泪,
愁肠冷月清。

醉 石 榴

琼花蝶舞痴,
晶玉缀凡思。
逢引满堂福,
多孙子贵时。

孤 山

不识孤山面,
只缘在此中。
梅红枝未染,
已醉梦酣翁。

丹 青

泼洒丹青绿，
魂游水墨间。
情倾方寸尺，
醉意恋悠闲。

黄 鹤 梦

醉梦千寻里，
撞钟故影重。
黄鹤归已久，
一去未曾逢。

金 陵 吟

莫愁船错系，
掀浪卷风波。
声泣秦淮涕，
朝城泼泪河。

莲 子

莲蓬离藕去,
翠损泣连茎。
雨细珠飞露,
香清入梦羹。

枫 红

枫红尘落晚,
垂叶蕴泥香。
馥郁思根恋,
霜凉影隐藏。

云 飞

絮浪无边际,
桃源醉可寻?
蜃楼生梦外,
寥寂碧空深。

丝　柳

风吹漫草坪,
绿道客骚更。
甜竹凝眸伫,
宗元梦暗惊。

漓江剪影

水清鱼未见,
鸥鹭点波轻。
魅影鹰飞隐,
残遗峭壁横。

漓江渔歌

雾掩藏羞色,
桃源觅醉娥。
樵夫甜竹隐,
对酒唱渔歌。

漓江丽影

穿岩乱石空,
眉黛淡妆蒙。
飞浪乳峰秀,
鸥惊竹筏蓬。

月 亮 山

偷下漓江畔,
沉迷未及还。
相思痴醉久,
魅影化青山。

沉 鱼

近投垂石落,
拍岸水崖悬。
欲探深千尺,
鱼沉夜日眠。

苍山雪

乱舞苍山雪,
风花梦翠峰。
远方天际外,
虚影幻蛟龙。

蝶 问

随花愁入梦,
呓语问庄周。
蝶化馨香谷,
归来有桂舟。

怅

秋水落寒惆,
馨香暗自流。
寸心遗梦里,
何日再回眸。

梅（一）

萼瓣玉冰晶，
斜枝恋旧横。
露珠藏媚眼，
雪舞暗香盈。

月　蓝

梢上月蓝天，
扬花絮漫烟。
婵娟芳草外，
心碎半清眠。

冷　月

冷月天涯舞袖长，
翩跹梦里醉芬芳。
腮颜半掩嫦娥面，
艳紫飘飞馥暗香。

落　梅

瘦减枝头恨，
娇怜醉玉壶。
遗香藏悴艳，
粉泪满腮珠。

泣　梅

疑是梦中情，
回眸倩影惊。
黛眉梅印去，
夜半哭残英。

雨　水

破暖悄无声，
飞珠嫩绿生。
抽丝泥湿透，
沐润恋思倾。

别 梅

不忍别残英,
梅园未肯行。
谁知香暗送,
叶底泪珠盈。

过 年

儿时梦里牵,
别忆数千年。
除岁催春晓,
痴归赴夕筵。

梅(二)

娇艳枝梢冷,
风寒傲骨铮。
暗香疏影动,
冰玉醉斜横。

后备厢

空来归去满，
迷醉舌尖香。
忆记叮咛意，
回程是故乡。

送红柯

谁约红柯去，
斜阳跃马惊。
长烟波浪起，
芳草送魂英。

送远

村口送儿行，
无言湿袖横。
娘心谁意会，
掩面怕风惊。

醉（二）

谁把嘴馋酣，
醇香舌后甘。
回头扶醉酒，
泼洒向烟岚。

春　色

丝柳垂无力，
斜倾劝燕留。
枝梢芳醉艳，
杏眼数风流。

惜　春

一日风轻百卉开，
东君扶酒醉芳来。
娇颜羞涩堪时赏，
莫待空枝恋占魁。

元 宵

上元灯火旺，
娇艳粉腮香。
丰瑞年华贵，
安康送福祥。

吊 脚 楼

吊脚空幽谷，
华年忆旧前。
残垣篝火远，
飞蝶影漂泉。

试 衣

花前试嫁裳，
羞怯问君郎。
浓淡妆宜否，
何时可拜堂。

天　娇

三月花开早，
寻眸杏眼撩。
销魂沉笑靥，
幽谷乐藏娇。

思

涨落尘幽静，
蒙荒寄念思。
虚空长夜寂，
冷月有无时。

嫁 衣 裳

牵丝绣进嫁衣裳，
一片红云暗自伤。
谁解情痴心念碎，
奈何闺密是新娘。

桃 花

一树芳心万朵开,
春风词笔剪裁来。
红颜醉恨浓妆淡,
玉露珠飞紫粉腮。

旺

邻家汪犬小,
一早叫春财。
本命相逢巧,
欢声献福来。

菜 园

地小费神平,
闲收众说生。
曾荒余月去,
今日又重耕。

问 世

问世走天涯，
何方是我家。
闻言初意笃，
无顾有疵瑕。

余 欢

谁把枯枝晃，
残英粉泪弹。
藏香罗袖里，
暗与共余欢。

桃 花 源

胭脂用尽醉颜开，
梦里羞娇燕尾裁。
深谷悠藏收媚眼，
未知千树是谁栽。

悼友人

恨世太无情，
流光漏影惊。
约期还未满，
梦碎了魂英。

悼霍金

霍金寻黑洞，
谁掌宇穹灯。
寂静晨初晓，
深寒胜极冰。

红 尘

珠露幻成霜，
阑珊梦里藏。
红尘知有处，
孤独醉清觞。

玉叶魂

冰壶藏世界，
一叶悟菩提。
漫煮禅香溢，
杯斗醉魂迷。

金 湾

金湾缀亚东，
沧海浪声隆。
未问波涛乱，
人间戏闹疯。

去 远（一）

幽飘深过海，
高入碧云天。
回首尘飞处，
梦境化轻烟。

树　屋

谁居枝上穴，
故惹把云牵。
雨漏珠飞叶，
迷痴醉入眠。

三角梅魂

宛然一苑艳娇来，
异彩芳颜醉木呆。
三角梅魂珠露隐，
菩提未语抹云腮。

桃　眼

桃花梦里偷开眼，
珠润颜娇忆客言。
谁把寸心痴暗许，
笼梢挂满闹春幡。

海 棠 怨

前别含苞还未放，
回时泪雨粉腮凋。
数声泣述痴情了，
欲赖枝梢待再邀。

虎 跳 峡

虎跃龙门小，
回头浪扑空。
飞天玉魄远，
无字石碑雄。

把 酒

把酒迷仙今又醉，
颤音嘶哑怒猿吟。
穷词歪闹何躬拜，
换斗琼浆再满斟。

盘

千尺飞鹰跃,
云天搏击狂。
星空清梦幻,
未断结柔肠。

寻(一)

颜娇藕节香,
星月恋清塘。
溪曲渊深谷,
龙吟九子藏。

人工智能

智人能自毁,
极恐毁天诛。
慧點藏初拙,
魔多怕错符。

吟

谁叫笔生花，
藏枝夜黑鸦。
无端催病染，
霄九乱声哗。

清 明（二）

几簇嫣红忆故家，
清风飞雨柳丝斜。
凄声不断云烟霭，
时伴寒江送落花。

清 明（三）

听雨哭清明，
坟头泣绕萦。
路边风湿透，
雷暴泪飞倾。

恋

雨把相思错,
风寒和泪流。
独孤残夜泣,
湿透袖藏收。

艳　桃

渊寂鱼沉底,
空天雁淡妆。
艳桃飘十里,
都付与风裳。

新　村

老屋新妆貌,
悠游觅旧欢。
客兴生怨恨,
问故路寻难。

又见雁字

雁访何年久,
迁程又自忙。
恬知笺字意,
倏瞬没云端。

周庄春雨

摇荡乌篷橹,
飞檐细雨听。
云珠天外客,
弄影醉前庭。

醉(三)

拼醉愁尤恨,
相思意更浓。
断肠千万缕,
念梦又重逢。

屋前菜园

围聚竹篱旁,
邻家教打秧。
夕阳斜照影,
采撷乐归忙。

娄山关

悍夫惊士勇,
落魄泣凶难。
血溅横空碧,
西风夕照寒。

昆仑关

峰峦阻隔一线牵,
猛扑沟壑碧血篇。
寻壑落遗雄鬼泣,
尖碑无语酹黄泉。

斜　阳

细语伴呼归，
斜阳已落晖。
思相痴醉眼，
还念恋芳菲。

念

一念难痴说，
相思对酒时。
牵丝千万缕，
双鬓雪飞迟。

小　园

翠绿染新园，
叽喳小鸟喧。
幽姿飘幻影，
媚妩隐云轩。

流　光

衣兜穷几钱，
屋陋雨霖铃。
念把相思意，
都还与雨听。

观胡黎明画

闲人问谷空山度，
缥缈虚无伴岩松。
闻道渔樵参幻境，
借来妙笔化云峰。

胡黎明前句：闲人观云山中度，虚无缥缈伴岩松。

无　极

自有三升米，
何须五斗奢。
谁知残梦里，
为甚折腰赊。

梦 瓷

梦里寻她千百度,
觉来闲在玉脂瓷。
弄姿搔首飞红晕,
幻境虚空落醉痴。

斯里兰卡

漂洋浮一叶,
过海恋婆娑。
来看闲时雨,
流光七彩波。

云 帆

火烧彩丝抽,
归帆不肯收。
问闻骚客到,
愁鸟占先筹。

云　雁

雁影向云飞，
孤飘伴雨霏。
潜龙沉梦醉，
雾霭掩迟归。

佛牙寺

赤脚觅神光，
长穹隐秘廊。
佛牙藏宝处，
故国述沧桑。

台　风

一夜忧惊雨，
余风未有邪。
晓晨残叶碎，
街陌树梢斜。

小 鸡 斗

翠绿微风拂，
芭蕉扇庇荫。
争虫谁惧斗，
未怕有黄莺。

寄 魂

栖身沉一角，
何问是桃源。
夕照斜飞柳，
惊风寄梦魂。

风 情

异域看风情，
篷车漫海行。
牵来云扑浪，
印月黛眉生。

薯雕仙女

却当羞涩品，
恨不忍心馋。
巧手多思虑，
凝眸着窄衫。

迷

化蝶哪知尘梦好，
花愁草怨忘桃源。
暗香旧馥残英去，
惊醒幽魂问落幡。

醉　钓

鱼钩垂立直，
对语与牵攀。
思想谁能懂，
如痴独自闲。

荒 始

谁捏泥形素,
肤脂玉露凝。
迷羞千态醉,
香冷自怜矜。

幻 影

河洛飞云渡,
罗纱媚影惊。
斜眸飘雨过,
梦醒恋思生。

梦 西 塘

醉把西塘当故乡,
流溪环绕数厅堂。
回头还望沉迷梦,
小曲吟惊客独觞。

云　浪

浪花烟雨细，
腾闹约飘鸿。
载去千丝绮，
云裳挂彩虹。

无　尘

蹈海洗微尘，
心空独自矜。
飘来云梦里，
敛翠照冰轮。

醒

水幕孤山寂，
空思浊念清。
三千尘落去，
幽梦蝶重生。

净

一分方寸地,
几缕未知疑。
纯水沉埃净,
魔都自炫姿。

草坪故柳

草坪寻故柳,
残影坠迷踪。
梦里追思忆,
孤游蝶未逢。

蓬 莱 归

一桥飞海过,
浪涌泛波涛。
归去蓬莱境,
婆娑拂衲袍。

川　情

吆喝锅中萃，
香闻糯炮虚。
窄宽天府梦，
变脸醉闲余。

空

空余虚界色，
孤影落清溪。
寻梦幽游处，
流香自入泥。

归　晚

闻问佳人隐，
樵夫恨晚归。
遗香余幻影，
挥泪向斜晖。

相思雨

才把琴弦拨,
相思泪雨飘。
吟声还未出,
又问不期邀。

四月天

愿天飞玉絮,
牵梦到君前。
把酒流觞绿,
余香蝶舞跹。

沉 梦

风尘一世轻,
飘过落还生。
虚幻沉幽梦,
闲愁待夜更。

睡 莲

沉缸粉艳红,
清影落飞鸿。
翡翠都争尽,
羞颜照碧空。

陋 室

寻梦雨珠帘,
朱黄玉指尖。
丹青倾绿染,
笑语漏飞檐。

吃 货 团

吃货问章鱼,
沉迷舌上虚。
晓风归去晚,
味品醉仙居。

禅（一）

菩提梢树下，
陋室屋中居。
寒露秋来雨，
禅言语意虚。

秋　叶

飘尘残叶梦成花，
飞挂枝梢话岁华。
一字未题风月冷，
寒霜错洒漫天涯。

菊

风裳乱舞飞，
漾靥闹芳菲。
宜适妆浓淡，
东篱梦未归。

孤 鹭

孤影飘江过,
呼声唤伴凄。
归巢寒露冷,
征远去何栖。

清 影

水镜孤鸿飘魅影,
秋波荡漾浪寒轻。
喧嚣尘外鸣声细,
闹醒幽魂梦自惊。

空 月

虚影飘空月,
魂迷万里清。
婵娟云水漫,
对酒问流萤。

秋 棠

海棠错把潮寒就，
笑靥孤花隐树凉。
念与枫红争竞妒，
伴娇银杏叶金黄。

红 老

不忍枫红老，
斜阳隐影憔。
满坡思恋落，
呓语梦天骄。

云山雨雾

斜阳晚暮晨云雨，
山抹微妆墨黛眉。
待想瑶台迷梦境，
漏枝鸟语怕惊痴。

影

一丝灰白飘天际，
不尽幽思掩影藏。
嘹唳凄声沉梦外，
去来归处恋柔乡。

雾

疑飞细雨扑珠寒，
藏隐腾飘望远难。
幽影觅寻迷径处，
闻香咫尺翠烟阑。

寒 暮

白影幽孤掠水飘，
鱼吹沫泡戏寒潮。
稚鸭一箭沉飞鸟，
风细微波漾碧霄。

雾 迷

片帆孤影云天际，
白鹭飘飞一日闲。
寻遍寒岑眉黛隐，
几声嘹唳梦惊还。

寒 阳

霁雨斜阳重影晃，
虚花幻照坠霜寒。
柳丝疏叶催风冷，
冰玉飞珠梦醒难。

愁（二）

借酒沉迷雾，
尘思醉里悲。
风轻云未淡，
不意梦飞时。

兰 舟

醉酒欲消愁，
牵思梦里收。
三千尘未断，
何事向兰舟。

闲 梦

古今多少事，
都付向东流。
尘梦闲愁怨，
余殇对酒休。

去 远（二）

一帆风去远，
万里系千丝。
梦呓缘何事，
矜藏暗自痴。

石 榴

嫩肌青润面容韶，
挂满枝梢自傲骄。
珠露蕴藏千子玉，
西风弄湿火云潮。

花 流

云天碎落江花浪，
念去香熏水冷寒。
不语远山沉影乱，
闲愁几处梦收残。

云 鹤

沙洲遗影觅无踪，
一夜虚枝似未从。
云梦唳声归去远，
年来约把酒坛封。

吆

月照云依旧，
江河水自流。
量思幽梦幻，
千古恨难收。

梦 飞

野鸭飘飞几步匆，
还如小鸟出笼中。
念期扑翅云天梦，
何怕浮沉暗自冲。

闭 关（一）

闭关几载为伊疯，
瘦减花飘不落空。
泼尽颜娇词笔梦，
茅庐雨漏醉词穷。

花　红

几点疏荷红似火，
玉环自醉掩颜羞。
珠花妆淡风裳绿，
云泽无边泛梦舟。

难　题

小园杂草剪还生，
青柚金兰又尽争。
旧岁悄飞何处去，
今朝铁网怕谁横。

夏　蝉

雨霁月空明，
蝉鸣劲闹晴。
蛙声频唱和，
度曲醉流莺。

郁

沉郁何时不闹腾，
虑焦弄碎暑寒冰。
水天涯际云裳紫，
子玉荷憔露悴凝。

郁孤剪影

郁孤台外影难逢，
万里江山半向戎。
铁剑环佩灯下看，
镜花开处不弯弓。

高　飞

离天疑几尺，
青翠隐云峰。
但想随风去，
惊心掩失容。

禅（二）

飞来三界净，
慧隐素时明。
尘谷慈悲度，
禅参悟自清。

归

谁把秋揉碎，
痴寻梦里归。
晓风寒自拂，
瀑雨伴珠飞。

秋

枫红恨别天，
愁漫入云烟。
羞梦连芳草，
风吟独自咽。

闭 关（二）

笑客做春难意尽，
流莺却念旧时鹇。
三秋痴闹云天外，
未问穷愁梦有闲。

半 月

半月凌波碎，
西风落叶归。
清秋沉梦魇，
痴念向云飞。

云碧重阳

好汉陡坡难，
登高向远盘。
千枫红欲火，
飞叶落窗栏。

梦 呓

做梦难时见,
相思易别疑。
不知尘落处,
花骨醉还痴。

寻 秋

幽谷箫声细,
枫红醉月初。
迷秋何处觅,
几点叶飘疏。

幽 梦

何如又再梦中偕,
残夜秋风念暗差。
无事闲愁天不老,
枫红漫宇落孤怀。

疑

此生何事不相依，
紫绿罗衫作嫁衣。
几度暑寒珠露冷，
岁华付与尽芳菲。

飞 花

香落飞花径，
云裳梦碧纱。
惊寒蝉自恨，
冷月怕西斜。

除 夕

昨夜寒风冷，
愁惊梦里闲。
寂寥除岁去，
爆竹几时还。

觅 香

冷月沉寥寂,
虬枝自暗香。
难寻归向处,
幽影掩芳藏。

阻

冠毒落江城,
寒凉细雨惊。
白衣齐向楚,
雷火灭虫横。

难

江城雪漫寒,
湿透白衣难。
飞驾催黄鹤,
拂尘祛病安。

惊　梦

难寄相思意，
霖涟湿纸巾。
玉寒珠露冷，
夜半梦中人。

读　梦

秦楼曾照月，
云阁暗藏香。
拂柳长安陌，
珠飞绿玉觞。

余　伤

痛骨撕心肺，
余伤半落魂。
云天尘事梦，
难觅醉黄昏。

樱 飞

沾露梨花随雨去，
白烟掩隐伴云飞。
难寻黄鹤迷痴处，
樱落东湖梦里归。

春 分（二）

推门闻鸟语，
烟雨落塘深。
掩绿枝梢紫，
飘来笑翠禽。

桃 花 醉

愁怕枝头露，
轻寒下落英。
凝珠疑是泪，
滴雨坠檐声。

飞 花

满树难争艳，
珠凝怨月寒。
风花归几度，
一夜又飞阑。

三 月

梦雨闹阴晴，
烟花暗自倾。
云天晨雾漫，
嫩蕾竞梢生。

情 恨

难把情根斩，
相思暗自生。
飞尘何处向，
赖梦与春争。

问 醉

桃源无处觅,
梦断露珠凝。
惜玉花香暗,
怜时问醉僧。

寻(二)

千姿蜂惹急,
百媚念兰馨。
谁把相思意,
随风落野亭。

烟 雨

迷径寻幽隐,
风轻草绿飞。
庭前烟雨细,
梦燕旧檐归。

寻 鹤

江城寻鹤梦,
紫冠觅无踪。
谁解楼环锁,
尤难李白逢。

残 蕊

绿掩怜花碎,
珠飞别落英。
错迷烟雨细,
痴醉梦重生。

问 道

无为道向自然玄,
出世家言竞圣贤。
难记渔樵灯下语,
云天月照已三千。

惊

幽枝虚影幻,
掩隐暗愁闲。
难住西斜月,
霜风露湿颜。

辞 春

难以留春住,
飞珠掩别离。
满天残萼恨,
谁懂个中痴。

尘 梦

浮华尘梦漫虚空,
做雪飞花暗自懵。
寥寂九天何处向,
念思化蝶又还匆。

苦情花

苦情挂满枝,
愁暗念情痴。
梦撒云丝雨,
合欢影幻时。

跋

人生及意义

人生的意义是一个被问了几千年的问题。自古以来每个人都不是完全独立的人，因此，没有完全独立的人生。每个人一生下来就沉浸在前人的人生滥觞里，在一个由无数个体的人生经历所传承下来的人生经历范例中，选择并做出一些调整、冲撞，人生轨迹积累下又一条痕迹，传承并不断延续。

人生的意义是有局限的，是与当期的人类文明发展状况相应的，虽然可能会有很大很多的变数与不可预见性，但它必定还是有其当期底色存在的，不可能凭空出现一个没有边际的人生意义。当然，个人的选择、不选择或被选择的起始条件是不一样的，因而，必然会出现不一样的人生，或为他者提供一个不一样的人生意义参照范例。

可以选择的人生,其实也是非常丰富多彩的,也夹杂着痛苦和悲伤,不过人生除了选择,还需要去实现这个选择,否则就会被选择,或被潜规则。因此,规则或潜规则其实都是人类的一张巨大的网,包括出生地域、文化结构、宗教、习俗、道德伦理、法律制度、国家力量、社会结构乃至教育与考试制度等都是一系列规则或潜规则,即人生个体选择与否,或者说努力与否,都会受到一定规则或潜规则的制约。显现的规则或潜在的规则,这张巨大的网总是无时无刻不在的,没有绝对自由的人生。

因此,人生的意义是与族群、社会相适应的,其根本规则就是生存法则。一切伪装和假面都是其为了更好生存的外在的迷雾,也是形形色色的人生体验的色彩。

这个宇宙最完美、最顶尖的智慧生物的生命历程,虽然很渺小,却是一个人生集域的一分子,这个意义是人生的最基本的意义之一。人类的人生意义就是在这些人生意义集域被不断突破和拓展的过程中得到发展的。

每个时代人生的可能模式与每个时代当期文明的发展相关联。如现代社会人从一生下来就被社会的各个方面规范起来,有一些可选择的方式提供给家长选择培养模式,而可供使用的资源却受各个原生家庭的条件限制有条件地选择。从婴儿期开始，幼儿园、小学、中学、高中、大学，农民、工人、蓝领、白领；从政、从军、从教等，各自地域、学区、考试成绩等，各种资源与各个条件的选择与被选择，在人生的一个个节点你都会有这样的选择、不选择或被选择。

人生选择最大的几次，是求学立志，是成家，是立业，是立身，是立言。当然，不是每个选择都是正确的，或者是不正确的。人生的很多选择是无法控制的，有些选择成本太大，是一般人所无法完成或承受的，故而很多时候会选择放弃，或者选择不选择，或者一个自欺欺人的选择。有些选择一旦做出，就非常痛苦并且无法更改，或者更改的成本及伤害太大，因此还是会选择不再改变，如结婚或离婚。结婚的机会成本非常大，而离婚的边际成本却更大。所以，把结婚自由和离婚自由列入法律制度也是近代的事件。

如果幸运的话既可拥有爱情也拥有丰富的资源与财富，而大部分人生处于中间状况，拥有部分资源与财富足以度过人生，而爱情却是若即若离；或亲情满满，或不知道爱情是何物。其实这一切的存在都非常合情合理，都是你现在选择、被迫选择或不选择后的人生经历，也是每个人的人生意义。

人生的乐趣有多种多样的选择，丰富的资源让人们足以度过快乐的人生、痛苦的人生，而大部分是平平淡淡的人生。疾病、痛苦、孤独、寂寞也不时与健康、快乐、亲情、朋友相伴相生。

人生中与他人发生交往时，按照潜规则的约定规范自己的一些行为，并由此获得认可或者高度评价，这就是俗话说的做人的原则。人们任何时候都要面临这个选择。所以人生经历中如何选择都会影响到自我的形象，并由此影响人生的发展方向。

人生的每一步看起来都非常简单，其实多多少少都会留下痕迹，让人无法自控，并影响下一步的选择。因此，人生的过程和意义也变得不可控或者说变得不是自己设想的人生意义，有时还会偏离很多。因此，简单地规划自己的人生道路，向着某个设定的目标，有时候也是一件非常困难和痛苦的事情，最后到达的地方与目的地错开了十万八千里。这可能不是你努力了就可以到达目的地。

人生过程是与自己的内在努力与外在契合及其机遇选择相关联，是一个非常复杂而不断变化的过程，因而，人生的目标也是需要调整和接受的，与不断的选择紧密相关。因此，人生意义的选择与表达是一个动态的过程，是一个不断变化和选择调整的过程。

对人生最佳的回应，是生活得快乐。是的，人生最终极的意义，也许就是让人类的每一分子都能快乐地生活，并永远传承下去。也许，这就是永生的意义。

人生意义就是生，就是生活。人从一出生就会有家庭、社会、亲情、爱情、同学、朋友等，很多你可以选择、被选择的方面，即使你不选择也是一种选择。社会生活的方方面面也时刻关注着你的成长并在每一时段将你引入各个可供选择的方向。因此，人生经历的方向是有一个大致的轨迹可寻的。

很多人都说生命是一个个轮回，其实生命的最大可能是重生，是以不断进化的基因为基础的重生，而且是以两性结合方式产生的基因重组重生，不是简单意义上的重生。因而人生总是从头开始，又经历过一个个完整的人生，也因此而生发一个个重生的人生意义。人生的重生与人生的轮回是无法重叠的，因此还是重生才有最合理的人生意义。也只有重生产生的突变，才使得人类获得巨大的进化。

每个人的人生经历都是不同的，没有一个人生经历是可以重新轮回经历一次的，因此，人生经历也是重生的，与轮回没有交集。

百善孝当先。不孝有三，无后为大。中国文化深刻领会并吃透了这生命重生的人生意义。只有这延绵不断的人生重生，才是人生最大的意义。故而，由此形成的宗族体系，确保了中国文化传承不断。形成了中国独特的人生传承文化。

路漫漫其修远兮，吾将上下而求索。人生太过短暂，而人生的意义又太过于缥缈，所以需要传承与学习。求索，也许是探寻人生意义永远都要坚守的真理。

诗歌是人生，人生也是一首诗歌。愿每个人的人生都成为一首诗。

童启松

2020年10月